VA OÙ LE VENT TE BERCE

SOPHIE TAL MEN

VA OÙ LE VENT TE BERCE

roman

ALBIN MICHEL

À tous les bénévoles,
Aux clowns, aux magiciens, aux marchands de sable,
Aux conteurs, lecteurs,
Aux musiciens, plasticiens,
À ceux qui tiennent la main, qui bercent, qui écoutent,
Aux bienveillants,
À ceux qui croient à la chaleur humaine,
à l'éclat d'un sourire, à la douceur d'un regard,
Qui apposent leurs couleurs – chacun à leur façon –
sur les murs blancs de l'hôpital.

Quatre mois avant

Anna

« Quelle est l'étape suivante ? » se répétait Anna en regardant d'un air hagard la foule s'affairer autour d'elle. Assise sur sa grosse valise comme une bernique sur son rocher, la jeune femme aurait bien fui en courant, renversé tout sur son passage, hurlé à qui voulait l'entendre, mais elle restait prostrée sans pouvoir ouvrir la bouche. Depuis qu'elle avait posé le pied sur le tarmac, le doute embrumait son esprit. Et si elle repartait en sens inverse ? Loin de Brest, sa terre natale ? Son ventre avait beau la tirailler, ses chevilles la brûler, ces désagréments lui paraissaient bien futiles par rapport à l'autre douleur. Ce nœud coulant qui la serrait jusqu'à l'étouffement. Tout l'agressait ici : la musique d'ambiance de l'aéroport, le couinement des chariots à bagages, les odeurs de sandwichs jambon-beurre, les consonnes explosives des inscriptions en breton *Aerborzh etrebroadel Brest-Breizh*… Comme si, ici, la réalité était plus brutale qu'ailleurs. Que tout était là pour lui rappeler le manque de l'autre. La renvoyer à sa vie d'avant, heureuse et insouciante, au goût du « tout est possible, tout s'ouvre à nous». Alors que faire? Maintenant qu'elle se trouvait engluée dans cet après amer au goût du «plus jamais». En Argentine, elle avait réussi à faire face, à tenir debout, comme si l'exotisme était capable d'atténuer le mal, de donner un caractère irréel à l'horreur.

– Besoin d'aide, mademoiselle?

Bob vissé sur la tête, moustache garnie, banane autour de la taille, un homme, penché au-dessus d'elle, lui souriait avec curiosité. Elle reconnut le passager assis quelques rangées devant elle dans l'avion. Il était de ceux qui possèdent des radars pour capter la détresse des autres et sont toujours prêts à venir en aide. Il s'était retourné plusieurs fois dans sa direction, cherchant à capter son regard. Et maintenant qu'il était libéré de sa ceinture de sécurité, elle ne pouvait plus faire semblant de l'ignorer.

– *No, todo está bien, gracias*, répondit-elle sèchement avec l'accent le plus prononcé possible pour le dissuader d'entamer la conversation.

Il était temps de réagir avant que tout l'aéroport s'inquiète de sa présence. Bouger, se lever, avancer. Mais pour aller où? Quelle était l'étape suivante? Annoncer à la terre entière qu'Anna – la pétillante, l'exaltée, la forte tête – était revenue? Revenue seule, ou presque. Meurtrie. Cassée. À terre. Les événements heureux de la vie avaient l'habitude d'être criés sur les toits, mais les drames? Ceux-là se transmettaient en cachette, par messes basses entrecoupées de formules toutes faites comme «la pauvre», «la vie ne tient qu'à un fil», «le temps adoucira sa peine».

Comment échapper à cela ? Qui serait capable de venir la chercher sans lui poser de questions ? Un seul nom lui vint à l'esprit : Matthieu. Son cousin était comme un frère pour elle. Depuis l'enfance, elle ne savait pas qui suivait l'autre. Qui avait décidé le premier de se lancer dans les études de médecine ? De vivre en colocation ? De partager le même groupe d'amis ? Le seul moment où leurs chemins avaient bifurqué, c'était l'année dernière quand elle avait décidé de suivre Eduardo en Argentine. Et même s'il passait son temps à la titiller, à la pousser dans ses retranchements, cet ours mal léché avait toujours été là pour elle. Toujours. Et il ne lui fallut que quelques mots pianotés sur son téléphone – juste l'essentiel : « Je suis rentrée, je t'attends à l'aéroport » – pour que Matthieu débarque dans la demi-heure. Sa démarche assurée, rapide, imposante, traversa la foule comme une flèche avant de ralentir à quelques mètres de sa cible.

Cette femme au milieu du hall de l'aéroport, avec ses longs cheveux noirs, sa peau de neige ensoleillée, il l'aurait reconnue entre mille. Pourtant, depuis le jour de son départ en Argentine, son corps racontait une tout autre histoire. Une histoire pleine de contrastes. L'ombre d'un drame se lisait sur son visage où quelques rides s'étaient creusées autour de ses grands yeux ternes. Et ce profil tout aussi inattendu. Tout en rondeurs, comme l'éclosion d'une fleur.

– Ne dis rien, le supplia-t-elle en battant des cils. S'il te plaît, ne dis rien.

Et Matthieu garda le silence. Après tout, il avait déjà

une partie de l'histoire. Le reste viendrait plus tard. Anna aimanta sa main et se laissa guider sans réfléchir.

– Tu n'es pas contre une virée en bateau, j'espère ? proposa-t-il avec le demi-sourire dont il était coutumier.

Anna secoua la tête, et le nœud coulant la laissa enfin respirer. Le berceau de la famille, pourquoi n'y avait-elle pas pensé ? Voilà où se déroulerait l'étape suivante. Dans ce refuge pour âmes cassées. Loin du monde, de Brest. Loin de sa réalité.

– Qui voit Groix voit sa joie, murmura-t-elle pour se donner du courage.

Gabriel

Bleu azur, saphir, marine, céleste… Installée face à la mer derrière son chevalet, Giagiá se demandait si elle aurait suffisamment de bleus dans son étui à peinture pour finir son aquarelle. N'était-ce pas ce qu'elle aimait ici ? Vivre la vie en bleu. Et ne penser à rien d'autre que la teinte qu'il prenait. Car une chose était sûre, sur l'île de Sifnos, cette couleur n'arrêtait pas de changer ! Comme chaque année, la vieille femme avait quitté Brest dès le début de l'été pour rejoindre son mari, Papouss, dans leur maison secondaire sur les hauteurs du petit port de Faros. Evann et Gabriel, qu'elle considérait comme ses fils, avaient fait le trajet avec elle. Les Cyclades au mois de juin, c'était le paradis sur terre. Un havre de tranquillité où Giagiá aimait se retrouver en famille loin du stress et des contraintes du quotidien. Le moment qu'elle préférait était la toute fin d'après-midi. Là où la chaleur laissait place à la douceur, où le bleu se faisait plus sombre, où les odeurs de poissons frits commençaient à envoûter le port, où les voisins s'installaient en terrasse et les chats sauvages régnaient en maîtres. Le moment où Evann se plaisait à sortir ses boules de pétanque sur le terrain de terre battue, derrière la plage.

– Giagiá ? Viens donc jouer avec Papouss et moi !

– Non, c'est gentil. J'aimerais terminer mon ciel.

– Pas la peine de chercher les nuages aujourd'hui, il n'y en a pas eu un seul !

– J'avoue, j'ai triché un peu et j'en ai rajouté quelques-uns.

– Des nuages en Grèce ? Mais c'est un crime ! s'indigna Papouss en s'accroupissant pour lancer le cochonnet.

– Et Gabriel ? Il ne veut pas jouer avec nous ? insista Evann en portant son regard vers le quai.

Voilà une heure que son frère n'avait pas bougé d'un pouce. Assis, les jambes pendantes au-dessus de l'eau, les yeux perdus vers l'horizon, tout portait à croire qu'il attendait qu'un bateau accoste et l'emmène au loin. Avec son jogging noir et son visage caché sous la capuche, on aurait dit un narcotrafiquant qui cherchait à se faire la malle. Mais ce qu'il fuyait – tout le monde le savait –, c'était les vacances. Pourquoi n'arrivait-il pas à s'y faire ? Juste quinze jours en famille, Giagiá ne lui demandait pas plus. Était-ce la coupure avec son quotidien ? Le climat méditerranéen qui ne lui convenait pas ? La vie en communauté ? Les dîners en famille ? Depuis leur arrivée, le solitaire avait multiplié les efforts pour être sociable – jusqu'à accompagner Giagiá au marché, se lever aux aurores pour aller à la pêche avec Papouss –, mais la discussion animée du déjeuner avait eu raison de lui. Pourquoi Evann avait-il lancé le sujet entre le poulpe grillé et la salade de figues fraîches ? Pourquoi gâcher l'instant présent alors qu'ils étaient si bien tous ensemble ?

– Ça serait vraiment sympa si tu pouvais donner un coup de main à l'association à la rentrée… Après tout ce qu'elle a fait pour nous, c'est un juste retour de médaille, non ?

– De quelle médaille tu parles ?

– C'est une expression.

– Tu ne vas pas remettre ça sur le tapis ! Tu m'as regardé… ? Comment peux-tu m'imaginer à l'hôpital en train d'amuser la galerie ?

– Dis comme ça, c'est sûr… Mais si tu m'accompagnais sur le terrain, tu te rendrais compte de l'utilité de nos actions. À part faire le clown auprès des enfants, il m'arrive d'être sérieux.

– Sérieux, toi ?

– Parfois, on nous demande juste une présence, un sourire… Tenir une main, c'est dans tes cordes, non ? Je te laisse l'été pour y réfléchir.

– C'est tout réfléchi, avait soupiré le solitaire en baissant la tête.

Vingt-huit, comptait Gabriel. Vingt-huit mâts qui se dandinaient sur les eaux calmes et translucides à l'abri du souffle du meltem. Grands-mâts, mâts de misaine, mâts d'artimon : des noms qui le renvoyaient aux histoires de pirates qui le passionnaient tant quand il était gamin. Trois fois que Gabriel comptait, et toujours ce chiffre qui s'imposait à lui. Était-ce une coïncidence ? Un signe, comme Giagiá aimait à penser ? Vingt-huit. Comme le nombre de bougies sur son gâteau d'anniversaire. Comme le nombre d'années qui lui filaient entre les doigts et finissaient par tourner en rond. Comment faisait Evann pour évoquer l'avenir avec autant de simplicité et d'optimisme ? Comme un retour de médaille, une revanche à prendre. Chez lui, c'était tout le contraire. Le passé lui faisait l'effet d'un frein qui l'empêchait d'avancer. Un poids qu'il aurait bien aimé larguer, là au fond de l'eau, pour pouvoir passer à autre chose. Un jour – il s'en faisait un devoir –, il s'investirait dans cette association. Et s'il reculait toujours le moment, ce n'était pas par égoïsme ou désintérêt, mais tout simplement parce qu'il s'en sentait incapable. Franchir le pas du bénévolat signifiait être capable de retourner à l'hôpital, côtoyer les blouses blanches et affronter son douloureux passé. Comment pourrait-il approcher ces enfants sans avoir l'impression de se voir, lui, vingt ans plus tôt ?

Giagiá jeta un coup d'œil sur la silhouette sombre courbée sur le quai. Celle qu'elle voulut ajouter dans le coin du tableau. En un trait, si petit qu'elle dut s'approcher pour le discerner. Comme l'empreinte d'un pas visible seulement si l'on daigne baisser les yeux. Un jour, le bleu prendrait le pas sur le noir. Elle y croyait. C'était l'histoire de quelques coups de pinceau. Juste quelques coups de pinceau.

PREMIÈRE PARTIE

Uppercut

Coup de poing que le boxeur délivre
avec le bras fléchi, dans un mouvement vertical
allant du bas vers le haut.

« C'est ça une rencontre, le moment où deux nécessités se nouent. »

Marie-Hélène LAFON, *Le Soir du chien*

1

La capuche

Evann n'en revenait toujours pas de son exploit. Convaincre son frère de passer la formation pour intégrer l'association était une chose, mais qu'il accepte de le suivre à l'hôpital en simple observateur resterait dans les annales ! Dans les couloirs de pédiatrie, Gabriel avait tout d'un éléphant dans un magasin de porcelaine. Il avait beau chercher à se fondre dans le décor, c'était peine perdue.

– Ta capuche, Gaby.

– Quoi, ma capuche ?

– On se découvre quand on entre dans un hôpital, c'est la moindre des choses.

– Pourquoi ?... On n'est pas dans une église !

– Allez, détends-toi, ça va bien se passer !

Détends-toi. Le joggeur fulminait. Depuis quand Evann lui donnait-il des ordres ? On aurait dit qu'il paradait au milieu des infirmières du service comme un coq dans une basse-cour.

– Je vous présente mon frère, nouveau membre de

l'association, déclarait-il fièrement alors que l'intéressé grommelait entre ses dents pour calmer ses ardeurs.

– Je n'ai pas encore dit oui.

S'il savait. Ces longs couloirs, cette ambiance aseptisée, ces bruits feutrés, ce défilé de pyjamas blancs… Tout l'oppressait et lui donnait la nausée !

– Chez les tout-petits, notre mission est un peu différente. On est là pour assurer une présence. Pas besoin de jouer, de faire rire ni de faire des tours de magie… Je me suis dit que tu serais peut-être plus à l'aise dans ce genre d'exercice.

– Pas sûr d'être un jour à l'aise dans un tel endroit, grimaça Gabriel en enfilant le tee-shirt bleu de l'association que son frère lui tendait.

– Quand j'ai réussi le concours de médecine et que je me suis retrouvé en stage en pédiatrie, j'ai ressenti la même chose que toi. L'angoisse, la peur de mal faire… Et puis, je me suis souvenu que nous aussi, on a été à la place de ces enfants.

– Justement… c'est ça qui me bloque ! Ces souvenirs qui reviennent.

– Au contraire, ça devrait te motiver. Où serait-on aujourd'hui si des gens comme Giagiá ne nous avaient pas tendu la main ? Ces gamins ont besoin de nous ! Allez, viens, je vais te présenter Clémentine… La maman nous attend pour qu'on prenne le relais.

– Le relais ?

– Oui… Notre rôle, c'est aussi de soulager les parents.

Evann lui fit signe de se frictionner les mains avec la

solution hydroalcoolique accrochée au mur. Il avait déjà la main sur la poignée quand son frère arrêta son geste.

– Attends ! On lui dit quoi pour moi ?

– La vérité : que tu viens en observateur.

– Et la petite… Parle-moi d'elle.

– Tu n'as pas besoin d'avoir de détails… N'oublie pas qu'on est là pour la câliner, pas pour la soigner, tu comprends ?

Gabriel fit la moue comme s'il doutait d'en être capable puis inspira un grand coup avant d'entrer dans la chambre. La jeune femme blonde qui les accueillit sembla soulagée de les voir. La fatigue se lisait sur son visage mais elle s'efforçait de rester souriante. Pendant qu'Evann conversait avec elle, Gabriel alla discrètement se réfugier près de la fenêtre sans un regard vers le berceau au milieu de la pièce. Inspirer, se concentrer sur les toits verts des pavillons au loin, chercher un peu de verdure, y renoncer, voir défiler les nuages chers à Giagiá, souffler. Quand il eut enfin le courage de se retourner, la mère de l'enfant n'était plus là. Gabriel fut surpris par le calme qui régnait dans la pièce. La lumière tamisée, l'odeur d'amande douce, les doudous colorés surplombant le couffin. On était loin de la chambre sordide qu'il avait imaginée. Et cette poupée en body rose qui gigotait comme si elle nageait le dos crawlé. Quelle énergie ! Elle n'avait pas l'air si malade.

– Quel âge a-t-elle ? bredouilla-t-il en s'avançant prudemment.

– Deux mois, je crois.

– C'est si petit à cet âge ?

– Elle s'appelle Clémentine, tu peux l'appeler par son prénom.

– Clémentine, marmonna-t-il plusieurs fois pour se convaincre qu'elle était bien réelle.

– Elle adore la compagnie. Rien que d'entendre notre voix, sentir notre présence suffit à la calmer… Mais ce qu'elle adore par-dessus tout, c'est quand je lui chatouille la plante des pieds.

Gabriel assista médusé à la démonstration. Sous les doigts du magicien, voilà que la nage de la fillette reprenait de plus belle. Son jeu de jambes et ses brassées saccadées qui fendaient l'air. Il réalisa alors que c'était lui qu'elle regardait. De ses grands yeux bleu délavé avec sa petite fossette qui se dessinait sur sa joue droite lorsqu'elle souriait.

– Elle t'aime bien, on dirait.

Comme hypnotisé, Gabriel ne cherchait plus à fuir. Il n'en revenait pas de la force qui se dégageait de son regard. Pourquoi n'était-elle pas effrayée face à lui ? Lui, l'illustre inconnu qui faisait irruption dans sa chambre ? Se pouvait-il qu'il ait le pouvoir de l'apaiser, lui aussi ? Par sa simple présence ? Lorsqu'il attrapa sa petite main au vol, celle-ci se referma aussitôt sur son doigt pour ne plus le lâcher. Et il se retrouva pris au piège, contraint de rester accroché jusqu'à ce que sa mère revienne.

2

La bulle de silence

Se poser, voir défiler le temps comme simple spectatrice, Anna ne s'en serait jamais crue capable. D'un naturel hyperactif, volubile – du genre grande gueule qui prend de la place –, elle avait pour habitude de croquer la vie avec gourmandise, toujours à la recherche de nouveautés. Jamais rassasiée. Et pourtant, cet été-là, dans le petit hameau de Kerlard à l'ouest de l'île de Groix, Anna tournait en rond, vêtue de son long pull jaune moutarde aux mailles larges qui lui tombait sur les genoux. Une âme songeuse et triste qui flânait dans les ruelles bordées de roses trémières et de vipérines en fleurs, qui arpentait de long en large le sentier côtier dominant l'anse Saint-Nicolas sans jamais s'aventurer plus loin. Ce périmètre sauvage et reculé avait comme qualité première de la laisser en paix. Ici – elle le savait – personne n'aurait la curiosité et le mauvais goût de l'arrêter en chemin. Même ses proches : son oncle Charly, adepte des petits sourires en coin ; son oncle Yann, médecin sur l'île, qui attendait patiemment qu'elle daigne cracher le morceau ; son ami

Josic, qui évitait son ventre comme s'il s'agissait d'une boule de feu capable de lui brûler les yeux. Sans parler de ses parents, de passage le week-end, qui la gavaient telle une oie comme s'ils voulaient lui donner une autre excuse pour prendre du poids. Jusqu'au jour où Matthieu débarqua en bateau au petit matin, les cheveux en bataille et les yeux tourmentés, bien décidé à faire éclater cette bulle de silence.

– Il est temps de rentrer, trancha-t-il en passant le seuil. Et pour te convaincre, je ne suis pas venu seul !

Lorsque Anna aperçut Marie derrière lui, aussi résolue et déterminée, la jeune femme sut qu'elle ne pourrait lutter bien longtemps. Sa complice depuis la première année de médecine, en plus d'avoir un caractère bien trempé et une gouaille de bistrotière, possédait la force de persuasion d'un pitbull ! Et qui mieux qu'une gynécologue fraîchement diplômée pourrait la raisonner en ce moment ?

– Merde ! lâcha-t-elle avec le tact qui la caractérisait.

En découvrant le ventre qui pointait comme un obus au-dessus de ses hanches, l'assurance de Marie se morcela d'un seul coup. Et elle lui tomba dans les bras sans lui laisser le temps de prononcer un mot.

– Anna… Pourquoi tu ne m'as pas appelée ? Je ne savais pas que tu étais rentrée d'Argentine ! Tu me connais, j'aurais sauté dans le premier bateau plutôt que de me coltiner ton cousin pendant toute la traversée. Venir en voilier depuis Brest, de nuit, il n'y a que Matthieu pour avoir des idées pareilles ! Je ne te raconte pas le mal de mer ! Depuis la pointe du Raz, je dégueule !... Mais bon, ça me fait plaisir de te voir.

– Ah, quand même ! ironisa Anna en passant une main sur son ventre.

Marie fit la moue en réalisant qu'elle ne savait pas quoi lui dire. Elle avait tant de mois à rattraper, tant de questions à lui poser. Par où commencer ? Comment trouver les mots ? La délicatesse et elle, ça faisait deux. Et la gynécologue préféra jouer les techniciennes plutôt que de risquer de la faire pleurer :

– Quelle est la date de ton terme ?

– Je ne sais pas précisément... Demain peut-être, répondit l'intéressée avec indifférence.

Matthieu blêmit et tapa du poing sur la table.

– Écoute, Anna... Dans cette famille, personne n'ose te le dire, alors je m'y colle : accoucher sur une île, loin d'un hôpital, c'est complètement irresponsable ! Idiot même ! Tu n'es plus seule en cause. La santé de ton petit avant tout.

– Yann est médecin, non ?

– Yann... ? Mon père a peut-être donné un coup de main pour mettre bas les brebis du voisin, mais je ne suis pas sûr que...

– Surtout qu'on ne sait rien de ce bébé, le coupa Marie en déballant son matériel sur la table du salon. Si ça se trouve, il y en a deux !

Anna les dévisagea tour à tour d'un air effaré. Quel cauchemar ! Qu'avait-elle fait pour mériter ça ? De quel droit débarquaient-ils sans prévenir en lui sautant dessus au petit matin ? Était-elle en train de rêver ou la gynécologue installait réellement un appareil d'échographie portatif sous ses yeux ? Prise de vertige, elle trouva tout de même la force de leur échapper. De traîner son corps lourd hors de portée de ces deux spécimens.

– Quoi ? Tu crois qu'on a été trop durs avec elle ? grimaça Marie en préparant sa sonde.

– Tu ne pouvais pas attendre avant de sortir ton matos ?

– Eh bien, c'est plus fort que moi ! Ça m'angoisse... T'imagines si le môme est mal placé ?

– Moi aussi, j'ai imaginé le pire.

– Je te préviens, si le col est effacé ou s'il est mal engagé, je fais venir l'hélico dare-dare !

– Dragon 56 ?

– Oui, ça sera quand même plus rapide que ta coquille de noix !

– Je ne comptais pas la ramener en bateau, maugréa Matthieu, un peu vexé.

– Bon, tu vas la chercher ? s'impatienta la technicienne. Elle n'a pas pu partir bien loin.

Sauvage. Anna, l'était devenue à force de fuir la réalité. Et quand la réalité s'invitait par surprise en lui mettant le couteau sous la gorge, voilà qu'elle perdait ses moyens. Avec l'envie de hurler, mordre et pleurer à la fois. Fallait-il toujours être raisonnable dans la vie ? Pourquoi ne pas la laisser tranquille ? Ne pas l'oublier pour toujours ?

Réfugiée dans la vieille Renault 4L toute rouillée, plantée au milieu des herbes hautes du jardin, Matthieu repéra sa longue chevelure noire qui brillait au soleil à travers les vitres poussiéreuses.

– T'es au courant qu'elle ne roule plus depuis dix ans ? plaisanta-t-il en tapotant à la fenêtre.

– T'es con…

– Allez viens, j'ai ligoté Marie pour qu'elle te laisse tranquille… On va prendre le temps de petit-déjeuner et discuter calmement.

Et la sauvage le suivit sans broncher. Après quelques tartines de caramel au beurre salé de l'île, elle se laissa apprivoiser et accepta l'idée de se faire examiner. Comme toutes les femmes dans ces moments-là, Anna eut besoin de serrer une main. Une main solide – comme une bouée de sauvetage – qui lui assure qu'elle ne coulerait pas. Et faute d'un conjoint, ce fut celle de son cousin qu'elle agrippa. « Quelle est l'étape suivante ? » se répéta-t-elle dans sa tête en s'allongeant sur le canapé en tissu. « Pourvu qu'il ne desserre pas ses doigts, sinon je sombre. » Pendant ce temps, Marie tentait de détendre l'atmosphère et chantonnait, genoux à terre, face à elle :

– Alors… qu'y a-t-il à l'intérieur ?

Ses yeux brillaient d'excitation. On aurait dit qu'elle s'apprêtait à ouvrir un coffre à trésor. Et quand Anna sentit la sonde glisser sur sa peau, elle détourna les yeux du petit écran.

– Tu devrais le regarder, conseilla Marie, tout en

masquant l'émotion qui faisait trembler légèrement son bras. Il est beau… et fin prêt pour le grand plongeon.

Anna serra les poings, s'accrocha à la bouée et laissa échapper une larme sur sa joue. Cette joue qu'elle n'était pas prête à tourner. En tout cas pas maintenant.

3

Beurre-sucre, comme la crêpe !

Chaque samedi matin, Giagiá s'arrangeait pour faire son marché aux aurores et débarquait en douce dans l'appartement. La septuagénaire veillait alors à tourner la clef sans faire de bruit puis poussait la porte métallique du bout des ongles – doucement, sans un grincement – en s'assurant de la quiétude des lieux. Remplir le réfrigérateur et ravitailler les placards était devenu une habitude. Une habitude ou un besoin ? Un acte animal, primaire, comme celui de retourner au nid nourrir ses oisillons. Et ses deux oisillons avaient beau rouspéter, lui dire qu'il fallait couper le cordon, elle n'y arrivait pas, c'était plus fort qu'elle. Peut-être parce que de cordon, entre eux, il n'y en avait jamais eu. En tout cas pas physiquement. Ça lui était tombé dessus vingt ans plus tôt. D'un coup d'un seul. Un de ces jours qui colore la vie en rose et qui bouscule l'existence. Un peu comme une naissance, mais en mieux. Car d'enfant, il n'y en avait pas qu'un, mais deux !

Elle se souvint de ce matin-là où elle s'appelait encore Angèle. Avec Hubert, ils ne se doutaient de rien. Serrés l'un contre l'autre sous leur couverture matelassée, ils formaient un bloc. Un bloc uni et bienheureux ronflant à l'unisson, avec des grosses fleurs roses brodées sur le dessus. Adepte des grasses matinées, Angèle avait grommelé un vague « bonne-journée-chéri-travaille-bien » avant de s'allonger en travers du lit en remontant le drap par-dessus sa tête. Cette « bonne-journée » commençait comme les autres jusqu'à cette impression fugace au lever du lit. Ce pressentiment qu'il allait lui arriver « quelque chose de bien » aujourd'hui. Non qu'elle fût malheureuse ou que le quotidien l'ennuyât. La cinquantaine soufflait sur son couple un vent de sagesse et de sérénité. Depuis qu'Angèle avait mis de côté ses rêves de maternité, elle avait le sentiment qu'à deux, les jours s'écouleraient plus tranquillement, plus doucement. Que le meilleur moyen de prolonger leur bonheur était de ne surtout pas trop le chahuter. Finalement, ce pressentiment ne serait peut-être pas grand-chose. Les présages – même infimes – ne trompaient jamais. Comme ce cheveu trouvé sur son épaule, cette coccinelle posée sur son appui de fenêtre ou encore ce verre blanc, cassé par mégarde au petit déjeuner. Le cœur gonflé d'espoir, Angèle avait pris soin de balayer les débris devant sa porte sans chasser la poussière à l'extérieur de peur que la chance parte avec. Et la journée s'était déroulée normalement sans rien d'extraordinaire. L'aquarelliste avait posé son chevalet au fond de son jardin, face à la rade de Brest, et levé les yeux en poussant un long soupir de satisfaction. Quelques nuages passaient lentement au-dessus de sa tête et elle avait remonté ses lunettes de soleil à la racine de son nez, bien décidée à les croquer sur sa feuille.

Pourquoi ce ciel lui revenait à l'esprit ? Juste là, en vidant ses sacs sur le plan central de la cuisine ? Ce bleu délavé et ces grappes cotonneuses toutes plus insolites les unes que les autres aux formes animales qui défilaient telle une ménagerie. Doucement, sans faire de bruit, la livreuse matinale commença à trier les aliments. D'un côté, ceux à conserver au frais, les pâtes et les céréales de l'autre, sans oublier les fruits à disposer dans la corbeille. Elle n'achetait maintenant que du bio et du local. Du certifié sans conservateurs, colorants, pesticides. « Quand on aime, on ne compte pas », se plaisait-elle à répéter. Et elle se rappelait les avoir aimés à l'instant où elle avait posé les yeux sur eux.

Cet après-midi-là, elle s'était dépêchée de laver ses pinceaux et de ranger ses affaires dans le petit atelier en bois attenant à la maison. Pour rien au monde elle n'aurait manqué son rendez-vous du mardi. Le seul moment de la semaine où l'artiste solitaire, la femme fantasque, l'épouse du brillant avocat avait l'impression de se rendre utile et de servir à quelque chose. Elle avait rejoint cette association quelques années plus tôt, poussée par une amie. « Une main et un sourire » : un nom qui résumait bien les choses. Chaque soir, les bénévoles se relayaient dans le service de pédiatrie et de néonatalogie de l'hôpital Morvan. Un dessin, un tour de magie, un jeu de cartes, un doux bercement, une comptine murmurée à l'oreille ou bien simplement une présence. Parce qu'il ne fallait souvent pas grand-chose pour améliorer le quotidien de ces enfants.

– Tu tombes bien, Angèle, l'avait interpellée l'infirmière dès son entrée. On avait justement besoin de toi… On en a reçu deux, ce week-end. Des frères… Tout ce que je peux te dire, c'est qu'ils ont subi un violent traumatisme. Ils n'auront sans doute pas le cœur à jouer, je te préviens.

De toute façon, Angèle préférait ne rien savoir. Pas bien sûre de rester neutre et de pouvoir continuer à jouer avec eux si elle avait accès à leurs données médicales. Pas bien sûre non plus de gérer le trop-plein d'émotions. Comment se comporterait-elle si elle les savait condamnés ? Ou encore victimes de sévices ? Côtoyer ces enfants hospitalisés était déjà assez éprouvant pour elle. Rentrer chez elle lui donnait l'impression de franchir beaucoup plus que quelques kilomètres. Un fossé. Une frontière. Elle qui avait un cœur d'artichaut et la tête dans les nuages, comme disait Hubert pour la taquiner.

– Le mieux, c'est que tu prennes les deux en même temps dans la salle de jeux… On les a d'ailleurs déjà installés. Ça leur fait du bien d'être ensemble. Ça les rassure… Le grand frère s'appelle Gabriel, il a six ans. Depuis son arrivée, il garde le silence. Pas un mot. Ne sois pas étonnée…

« Je te préviens. Ne sois pas étonnée. » Pourquoi l'infirmière prenait-elle autant de précautions ? Un frisson l'avait traversée en enfilant le tee-shirt aux couleurs de l'association. Un bleu ciel avec deux mains entrelacées dessinées au milieu. Une grande et une petite. Si long qu'il lui tom-

bait à mi-cuisse et que – sur elle – on aurait dit une robe. En finissant de tresser ses cheveux pour ressembler à Fifi Brindacier, l'héroïne de son enfance, Angèle avait écouté avec le sérieux d'une écolière les explications de la soignante.

– Evann est plus petit. À deux ans, il ne réalise pas vraiment ce qui lui arrive. Il baragouine deux-trois syllabes que lui seul comprend… Lui est moins farouche, tu vas voir, et se laisse approcher. *Après l'avoir laissée devant la porte, la femme en pyjama blanc s'était retournée* : Oh, j'allais oublier : le petit a un bandage autour de la tête et s'il commence à vouloir l'enlever ou s'il se met à pleurer, tu nous le ramènes…

Pourquoi ce moment-là lui revenait-il à l'esprit chaque fois qu'elle remplissait ce réfrigérateur ? Cette grosse porte chromée détenait-elle un pouvoir magique ? Celui de faire ressurgir les souvenirs ? Devant elle, cette salle de jeux gaie et colorée. Ces mobiles de papier au plafond et ces grandes photos de cerfs-volants qui illuminaient les murs. Cette table basse et ses chaises en bois miniatures. Ce coin dînette et son bac à poupées. Un décor qui arrivait presque à lui faire oublier l'hôpital, sauf peut-être les longs bips des machines au loin pour la rappeler à l'ordre. Giagiá prit un air grave. Cette boule au plus profond d'elle-même, elle avait l'impression de la sentir encore. Cette vague de chaleur face à ces deux petites têtes rondes aux cheveux crépus, ces yeux noirs et brillants tournés vers elle, à la fois tristes et effrayés. Ce silence glaçant qu'elle avait voulu combler maladroitement. Sans doute trop abruptement. Comment s'était-elle présentée déjà ? Si émue qu'elle ne se rappelait rien. Quelle langue avait-elle employée ? Du grec, du breton ? Qu'incarnait-elle à leurs yeux ? Une sorcière qui voulait les manger ? Une sorcière à deux nattes, haute comme trois pommes, avec une robe de fée et un nez rond. Pas si crochu. Pourtant l'aîné s'était recroquevillé sur le canapé, le visage enfoui dans ses mains pendant que le cadet avait trouvé refuge sous la table. *Pas farouche, avait déclaré l'infirmière.* C'était vieux tout ça, et pourtant si vif à son esprit.

Giagiá secoua énergiquement la tête comme si elle était capable de chasser les souvenirs telles des mouches. Puis elle commença à ranger machinalement. Du lait de coco, des yaourts nature, des amandes grillées, des olives vertes pour Gabriel ; de l'houmous, des figues séchées, du beurre de cacahouètes, des cornichons extra-fins et des anchois marinés pour Evann. Depuis le temps, « Angèle-Giagiá, grand-mère en grec » connaissait parfaitement les goûts de chacun. Des goûts qui changeaient au fil des années, au fil des saisons. Car elle en était certaine : si l'amour prenait parfois un chemin sinueux, il passait forcément par l'estomac. Elle appelait ça l'amour beurre-sucre, comme la crêpe. Simple, naturel, primitif. Comme la manière de veiller sur eux et de s'assurer qu'ils ne manquaient de rien.

De Plougastel-Daoulas, elle n'avait qu'à traverser l'Élorn par le pont de l'Iroise pour leur rendre visite. Dix minutes, tout au plus, pour rejoindre le port du Château et s'immiscer en cachette dans ce loft gigantesque dont les façades donnaient d'un côté sur le port de pêche, de l'autre sur la marina. Un endroit qui fascinait Giagiá autant qu'il l'inquiétait. Initialement, Gabriel avait acheté ce hangar portuaire dans l'idée d'y installer sa start-up au rez-de-chaussée. Puis rapidement, c'était tout le bâtiment qu'il avait réhabilité. Avec Evann, ils avaient établi leurs quartiers à l'étage. Une décoration minimaliste qui donnait l'impression que les travaux n'étaient pas encore finis : poutres métalliques, briques apparentes, grands espaces vides et épurés aux baies vitrées immenses dépourvues de rideaux, tréteaux faisant office de table à manger, palette de table basse et cartons de meubles de rangement. Et dans cet entrepôt percé de plusieurs entrées, Giagiá préférait la discrète. Celle côté pêcheurs : une porte cochère qui donnait sur une petite cour pavée où zigzaguait un grand escalier métallique jusqu'au deuxième étage. « L'entrée des artistes », s'amusait-elle à dire.

Giagiá repartit aussi discrètement qu'elle était entrée. Les sacs et l'esprit plus légers, bien décidée à récidiver la semaine prochaine ! Mais cette fois, avec un gratin de courges. Un plat de saison, plein de vitamines ! Sur la route du retour, en longeant le port du Moulin-Blanc, elle eut l'impression d'avoir oublié quelque chose. Un sentiment récurrent, toujours au même endroit, juste avant de franchir le pont. Elle sourit : cette image devait avoir du sens. Et depuis le temps, elle savait très bien ce qu'elle oubliait. C'étaient eux : ses oisillons. Voilà cinq ans déjà qu'Evann était entré à la faculté de médecine et qu'il avait décidé de cohabiter avec son grand frère. Cinq ans que sa maison lui paraissait désespérément vide et silencieuse. Que le chant des oiseaux et les miaulements du chat ne lui suffisaient plus. Le défilé de nuages au-dessus de son jardin non plus d'ailleurs. Et si le malaise ne venait pas uniquement d'elle ? Si son incapacité à prendre de la distance découlait du fait qu'elle n'arrivait pas à se convaincre qu'ils étaient réellement heureux ? Plus ils grandissaient, plus Giagiá voyait se creuser les cicatrices. Des failles que l'amour beurre-sucre d'une vieille sorcière ne suffirait plus à combler. Il faudrait qu'ils apprennent à vivre avec. À construire autour. Le processus de résilience, ne l'avaient-ils pas déjà bien entamé ? Que leur fallait-il de plus ? Comment les aider ? Après tout, vingt ans auparavant, dans cette salle de jeux du service de pédiatrie, elle avait bien su trouver les mots.

4

L'affreux pull de Noël

– C'est pas vrai ! soupira Gabriel, manquant de renverser un yaourt en ouvrant la porte du réfrigérateur. Giagiá, on ne la changera pas !

Evann le regarda par-dessus son bol de céréales d'un air amusé et complice.

– Toi aussi, tu as eu droit au Post-it sur ta brique de lait ?

Gabriel lut à voix haute l'inscription sur le bout de papier collé au bout de son doigt :

– « Ne cherche pas ta veste en cuir, je l'ai rapportée à la maison pour recoudre les boutons. Je t'embrasse ».

– Un peu de couture ? T'as de la chance ! Moi, elle m'a offert un nouveau pull. Et on peut dire qu'elle s'est lâchée !

Il grimaça en exhibant son cadeau empoisonné. Maille jersey, col rond, laine épaisse orange carotte avec une forme marron tachetée au milieu. Une grosse tête de chien, langue sortie, oreille pliée. Gabriel pouffa.

– Tu pourras toujours le mettre à Noël. C'est une tradition en Angleterre.

– Comment ils appellent ça déjà ?

– « *Ugly Christmas sweater* », déclara-t-il dans un accent parfait.

– D'accord, je veux bien mettre mon « affreux pull de Noël » si toute la famille en porte un aussi ! Un rouge pour Papouss vu qu'il a déjà le gros ventre et la barbe du Père Noël…

– Et pour Giagiá ? Une tête de fouine ?

– Ha ha ha ! Oui ! Ça lui irait très bien ! D'ailleurs, comment lui faire comprendre qu'on est assez grands pour aller faire des courses ? Si on ne réagit pas, elle va continuer son petit jeu. À vingt-cinq ans, passe encore, mais à quarante…

Gabriel réfléchit à un plan en secouant sa boisson énergisante et détoxifiante du matin. Tout un savant mélange à base de sirop d'agave, de citrons pressés et de crème d'avoine pour garder la forme, réduire sa fatigue, améliorer ses performances sportives et renforcer son système immunitaire. Et c'est tout en sirotant son nectar que l'idée jaillit enfin :

– Et si, à notre tour, on s'amusait à lui remplir ses placards ? Je suis sûr qu'elle finirait par arrêter.

– C'est Papouss qui va être content !

– Surtout si on leur sort le grand jeu : un homard dans le bac à légumes, du foie gras, une bouteille de champagne… Qu'est-ce que t'en penses ? Ça te dit un petit tour en moto, cette nuit ?

– Ça marche ! Je ne comptais pas dormir beaucoup, de toute façon, je voulais réviser mes cours de dermato.

– Ça ne sert à rien de réviser la nuit, le cerveau a besoin de sommeil, trancha son frère en feignant de ne pas trouver ça drôle. Tu n'as pas appris ça en médecine ?

– Tu peux parler, l'insomniaque accro aux boissons énergétiques !

– Moi, c'est différent… J'ai fini mes études.

– Désolé… mais là, je suis vraiment trop à la bourre pour être raisonnable ! Et d'ailleurs, tu peux me rendre un service ?… Si tu pouvais me remplacer les jeudis soir à l'hôpital.

– Hors de question !

– Juste quelques semaines, jusqu'aux vacances de la Toussaint, le temps de passer mon exam'.

– T'as perdu la tête ou quoi… ? L'expérience de l'autre jour ne t'a pas suffi ? Je ne supporte pas cet endroit, c'est viscéral !

– Tu t'es vraiment bien débrouillé, je trouve.

– Tu leur as dit non, j'espère.

Evann se gratta la tête avant d'ajouter :

– Pas tout à fait… Tu verras, c'est tout bête. Tu berces les bébés, tu leur parles. Et si tu veux, tu peux même leur chanter une chanson… *Gabriel leva les yeux au ciel avant de finir cul sec sa boisson énergisante.* Fais pas cette tête ! Je suis sûr que tu vas assurer ! Tu pourras même garder ta capuche, si tu veux !

– Laisse ma capuche tranquille ! C'est une obsession, ma parole !

– Et puis, ça va te changer. T'en as pas marre de

fabriquer des robots ? Pour une fois que tu peux te rendre utile à quelque chose…

– Merci ! Ça fait plaisir.

– C'est pareil, non ? Et puis tu verras, les filles sont très sympas. Elles te feront visiter les locaux et t'expliqueront ce qu'elles attendent de toi.

– Les filles ?

– Les puér'.

– Les puér'… La dermato. Vous êtes toujours obligés d'utiliser des abréviations en médecine ?

– Merci, grand frère ! Je savais que tu dirais oui ! se félicita Evann avant de se précipiter vers la porte de peur d'essuyer un refus.

– Attends ! l'intercepta Gabriel. Tu oublies tes médicaments.

– T'es sûr ?

Le joggeur brandit la boîte d'un air dépité. Celle où la case du jour s'avérait encore pleine.

– Ah, ouais. Qu'est-ce que je ferais sans toi ?

– Une crise d'épilepsie, répondit du tac au tac son frère.

Evann haussa les épaules et goba son cachet. Le ton de sa phrase venait de le heurter et de lui renvoyer sa maladie en pleine face. Gabriel – même s'il ne le faisait pas sciemment – avait le don de le blesser et de le rabaisser. Cette froideur, cette volonté de toujours tout contrôler, le mettait hors de lui. Ils étaient si différents ! Quelquefois Evann finissait par claquer la porte, bien décidé à emménager seul dans un appartement. Mais la tempête passée, il revenait toujours comme si de rien n'était. Et à chaque fois, il retrouvait cette même tristesse et cette lueur de regret dans les yeux de son frère. Les deux oisillons étaient liés. Un pacte tacite que personne n'avait besoin de prononcer. Et pour l'instant, aucun des deux n'était vraiment prêt à prendre son envol et à se séparer de l'autre.

– De toute façon, je compte bien arrêter mon traitement. Trois ans qu'il ne s'est rien passé.

– Dis pas d'conneries…

– Et si j'étais guéri ?

– Imagine, si tu fais une crise !

– Et alors ? C'est pas si grave.

– Tu ne seras plus autorisé à conduire… Imagine les conséquences.

– On voit bien que ce n'est pas toi qui les avales, ces médocs !

Gabriel n'aimait pas la tournure que prenait la conversation. Qu'y avait-il ce matin dans son petit déjeuner pour qu'Evann crache ainsi ? Du piment ?

– Allez, calme-toi.

– Je me calme si je veux ! Et mon traitement, je l'arrête si je veux ! T'entends ? J'en ai marre que tu me donnes des ordres : le toubib, c'est moi !

Ce n'était pas la peine de discuter et Gabriel prenait sur lui pour ne pas s'énerver. Ces dernières années, il avait appris à se maîtriser. Contenir l'envie de frapper du poing sur la table, de lui crier dessus, de le gifler même. La boxe – depuis l'enfance – était son échappatoire, sa soupape. Avant d'aller travailler, il irait se défouler sur le punching-ball dans sa salle de sport au rez-de-chaussée.

Juste le quart d'heure salutaire pour faire tomber la pression.

– Prends au moins rendez-vous avec ta neurologue et demande-lui ce qu'elle en pense, lâcha-t-il sans desserrer les dents. Ce n'est pas parce que tu es en médecine que tu peux te passer de ses conseils.

– Lâche-moi la grappe, à la fin ! Si tu veux te rendre utile, va plutôt bercer les bébés !

Et Gabriel ferma les yeux quand la porte d'entrée claqua derrière lui. Quelque chose lui disait que le petit tour en moto, la nuit prochaine, il le ferait seul.

5

Le miroir de l'âme

Depuis combien de temps Anna était-elle enfermée dans cette chambre ? Glissée dans ces draps rêches. Entre ces murs trop blancs où se mêlaient des odeurs de couches, de savon et d'antiseptique. Quel jour on était déjà ? Comme si l'enchaînement de ces dernières heures lui semblait si irréel qu'il avait suspendu le temps. Tout était allé très vite. Cette perte des eaux en plein supermarché, les douleurs subites, violentes, qui avaient déferlé sur son bas-ventre, la panique du jeune pompier sur le trajet de l'hôpital et l'intervention impromptue de Marie sur le parking qui s'était emparée du bébé comme on attrape un ballon de rugby en plein vol.

– Alors ça, ma vieille ! On peut dire que tu ne fais pas les choses comme tout le monde ! Pour un premier, normalement, on prend son temps ! Ce n'est pas un accouchement mais un largage de fusée !

Anna n'avait pas compris sa phrase, ni la déferlante d'onomatopées qui avait suivi, ni l'agitation autour d'elle.

– Hé, Anna ? Tu m'entends ?

Il y avait ce corps meurtri après l'orage, si plat, si vide qu'il lui paraissait étranger. Et ce petit être emmailloté dans un linge bleu qu'on venait de poser contre sa poitrine. Ces cris mouillés et étouffés qui venaient vibrer contre elle sans qu'elle sache si c'était elle qui tremblait. À cet instant, Anna était loin. Loin du réel, de Brest, du camion, de l'hôpital. Ce sentiment d'apesanteur que procure le choc. L'émotion forte qui nous dépasse.

– Il cherche ton sein, avait déclaré Marie d'un ton péremptoire.

Et cette déconnexion avait duré toute la journée. Ce détachement devant ce défilé de bienveillance, de sourires et de félicitations.

– Il cherche ton sein, avait répété sa mère pour faire cesser les cris.

Mais les cris avaient continué inlassablement pour lui signifier qu'elle était toujours vivante. Pour la réveiller. Et sa mère, inquiète, s'était installée comme on plante un camp de base avec tout son matériel. Coussin d'allaitement, bonnets, cache-cœurs, gigoteuse, compresses, lait corporel, crème lavante, pipettes… Bref, elle avait pris les choses en main. Et Anna s'était laissé faire sans broncher. Peut-être pour la première fois de sa vie. Les conseils maladroits de sa mère traversaient ses pensées comme un avion traverse les nuages. Avec toujours cette impression de flottement qui l'aidait à faire bonne figure. Elle avait – dans l'ordre et dans le désordre – souri aux amis, ouvert les cadeaux, écarté les jambes devant la sage-femme, répondu aux appels, acquiescé aux conseils des uns et des autres.

– Il cherche ton sein, avait répété Marie en passant la tête à travers la porte quand l'heure des visites était passée.

Anna avait remonté son drap tout en lui faisant signe de la laisser tranquille. Qu'avaient-ils tous à s'intéresser à sa poitrine ? S'ils savaient. Ses seins – tout comme elle – persistaient à être vides et douloureux. Improductifs et végétatifs. Pourquoi cette satanée porte ne fermait-elle pas à clef ? N'avait-elle pas le droit à un peu d'intimité ? En rapportant son plateau-repas dans le couloir, elle avait été rassurée par le calme qui régnait. Rassurée et inquiète à la fois. Pas un bruit à travers les portes, sauf à travers la sienne. Des cris incessants, lancinants, comme le bruit d'un engrenage rouillé. Dans l'obscurité de sa chambre, elle s'était penchée au-dessus du berceau. Il y avait bien une explication. D'où venait le problème ? C'était elle ou lui ? Anna avait manqué de faire un bond en arrière devant ces deux billes qui la fixaient. Noires et immenses comme des puits sans fond. Elle avait regardé derrière elle pour voir s'il y avait un autre point d'ancrage. Non, juste elle. Juste elle et lui, depuis quelques heures et pour l'éternité. Cherchant à capter son attention, ses cris se faisaient de plus en plus rapides et insistants. Visage rond, chiffonné, sourcils épais, froncés, cheveux noirs dressés sur la tête. Ce petit animal en colère lui faisait presque peur. Où puisait-il toute cette énergie ? Était-ce son instinct de survie ? Hurler : son unique façon d'exister ? Et ses yeux gigantesques qui mangeaient ses pommettes, était-ce normal qu'ils aient déjà cette taille-là ? Aussi grands que ceux d'un adulte ? Peut-être une autre façon de se faire remarquer… Elle eut soudain l'impression de s'y voir comme dans un miroir. Le miroir de l'âme. Une âme d'acrobate trébuchante, en quête du point d'équilibre. Et à cet instant précis, la sensation de flottement disparut. Le point d'ancrage était devant elle. Ces deux billes aussi brillantes et rusées que les pupilles d'un renard dans les phares. Qu'attendaient-elles au juste ? Qu'elle soit à la hauteur ? À la hauteur de quoi ? Bras tendus, mains cramponnées au berceau, Anna soutint son regard sans baisser les yeux. Et pour la première fois, elle prononça son nom. Doucement, dans un souffle.

– Andréa.

Cet enchaînement de syllabes sonna étrangement dans sa tête, comme un grésillement au milieu des cris, capable de raviver un souvenir enfoui. Ces mêmes syllabes quelques mois plus tôt dans la bouche d'Eduardo, avec un timbre plus grave et les « r » qui roulaient sur le sable chaud d'Argentine. Comme une promesse secrète prononcée les yeux dans les yeux à un moment où tout était possible, où l'avenir s'annonçait lumineux. Où rien n'avait d'importance.

– Andréa, répéta-t-elle plusieurs fois.

Pour s'habituer. Réaliser. L'apprivoiser. Et la corde lâcha sans prévenir. Était-ce la corde ou elle qui glissait ? L'équilibriste se retrouva à genoux, le front collé au berceau. Les mains toujours accrochées à la paroi transparente comme à celle d'une falaise. Avec de longs sanglots qui fouettaient son corps. Des bourrasques de larmes qui cisaillaient ses joues. Et si cet enfant criait pour elle ? À sa place, parce qu'elle ne s'était jamais autorisée à le faire ? Si sa douleur et sa peine, il les avait comprises depuis le début ? Quel début dans la vie que celui-là ! Cet enfant n'était-il pas l'électrochoc qui allait la faire réagir ? Ces derniers mois, elle s'était laissée aller. Isolée, coupée du monde. Mais maintenant qu'Andréa était né, il fallait trouver la force de se relever. Attraper la corde, écarter les bras et aller de l'avant. Le menton relevé et le regard vers l'horizon. À travers la vitre, ses traits flous devenaient suppliants. Son menton faisait la lippe. Ses poings crispés brassaient l'air. Quand elle le prit dans ses bras, il se blottit contre elle. Et leurs sanglots fusionnèrent. Un râle commun qui allait se prolonger jusqu'au petit matin.

6

Le berceur

Son doigt marquait de petits cercles au milieu du front des nouveau-nés. Juste un effleurement lent et constant entre les sourcils, comme la ronde d'une fourmi. Ça lui était venu comme ça, naturellement. Un souvenir enfoui peut-être ou bien avait-il vu cela dans un film. À chaque fois, il s'étonnait de voir son index – si gros sur ces minois si fragiles – capable d'autant de délicatesse. Surtout qu'ils n'y résistaient pas ! Même les plus éveillés, les plus braillards, les plus affamés. Au bout de quelques secondes, leurs paupières se mettaient à cligner puis à s'alourdir, leurs traits se relâchaient. Un seul doigt pour faire céder leur résistance et les faire sombrer dans un sommeil profond. De celui qui entrouvre les bouches, replie les coudes et les genoux : une position grenouille pour le bonheur et la tranquillité de leurs parents. À l'hôpital Morvan, on l'appelait le berceur. Un nom qu'on prononçait avec une pointe de mystère et de fascination dans la voix. Evann l'avait présenté comme son frère, le fils adoptif de Giagiá, mais personne n'en savait plus.

Pourquoi le remplaçait-il depuis quelques semaines ? Quel était son prénom ? Que faisait-il dans la vie ? Et surtout quel était son secret pour endormir aussi vite les enfants ? Au début, l'équipe de puéricultrices s'était méfiée et plusieurs étiquettes avaient traversé leur esprit : pervers, illuminé, kidnappeur de bébés. Sans compter son physique qui ne l'aidait pas à passer inaperçu au milieu des petites berceuses grisonnantes. Un mètre quatre-vingt-dix, une carrure de pilier de rugby, des mains de déménageur, une peau dorée, métissée, et des dessins corporels qui lui donnaient des airs de mauvais garçon. Comme ces vagues qui striaient ses cheveux crépus au-dessus de l'oreille et ce tatouage qui lui courait sur le bras. Les jeudis soir, le berceur arrivait sans faire de bruit. À l'heure où le jour s'en va, les parents repartent chez eux, les nouveau-nés s'agitent et les nourrissons s'accrochent à leur doudou. Au fil des semaines, les craintes et les a priori s'étaient envolés. Et les portes des chambres s'étaient ouvertes en même temps que les esprits. On avait dû se rendre à l'évidence : ce garçon n'était pas là par hasard. Il avait un don.

Sept. Ce soir, il en avait endormi sept à la suite avant de les replacer dans leur petit berceau transparent. Après avoir refusé poliment les petits gâteaux et la tasse de thé proposés par l'équipe, Gabriel s'apprêtait à rentrer chez lui, plus léger. Cette légèreté que procure le sentiment de s'être rendu utile, d'avoir fait du bien. Même si ça lui coûtait de le penser, Evann avait eu raison de le brusquer. Un peu comme s'il l'avait poussé dans l'eau et qu'il avait réalisé qu'il savait nager. Une eau trouble au début, avec des angoisses de mort et une nausée qui lui soulevait l'estomac. Puis le contact avec les enfants, cette simplicité et cette force dans leur regard l'avaient mis en confiance et aidé à remonter à la surface. Il avait compris qu'ils n'attendaient rien de lui, qu'il n'avait pas besoin de se mettre la pression, que seule sa présence suffisait à les apaiser. Et pour la première fois, du côté des blouses blanches, il se sentait à sa place.

Au milieu du parking, il repéra le châssis chromé de sa moto qui brillait sous le réverbère et enfila son casque tout en continuant à marcher. Ce soir, il était attendu pour dîner chez Giagiá et Papouss. Depuis qu'il avait pris la relève d'Evann, ils l'invitaient toujours les jeudis soir plutôt que les mercredis habituels. La vieille femme avait prétexté un changement dans son emploi du temps, mais Gabriel n'était pas dupe.

– Alors ? Raconte… Comment va le petit Marius ? Toujours hospitalisé ? Et sa mère, pas trop fatiguée ? Et les petites jumelles, elles sont sorties de la couveuse ?

Même si Giagiá, toujours membre active de l'association, se souciait réellement du sort de ses petits protégés, ce qui la préoccupait le plus, c'était sa réaction à lui. En l'écoutant raconter, elle scrutait les émotions qui pouvaient traverser son visage. Mais rien ne bougeait, pas même un sourcil. Comme à son habitude, Gabriel jouait la carte du « tout va bien, même pas peur », et Giagiá souriait à Papouss en lui décochant des clins d'œil complices et satisfaits. Gabriel pressa le pas. Vingt heures déjà. S'il ne se dépêchait pas un peu, le poulet risquait d'être carbonisé.

– Gabriel… Gabriel… Attends !

Ce timbre de voix, viril et féminin à la fois, résonna dans la nuit comme un hululement de chouette. Pourquoi n'avait-il pas besoin de se retourner pour savoir qui lui courait après ? Il sourit en imaginant la blouse blanche ouverte toute chiffonnée, le pyjama de bloc trop grand, la coupe à la garçonne en bataille et les sabots en plastique tout cabossés.

– Gabriellllleeee…

Avec l'excuse du casque vissé sur ses oreilles, il feignit de ne pas l'entendre. Semer Marie quand elle avait décidé de vous courser – il était bien placé pour le savoir –, c'était mission impossible ! Et faute d'éviter la chouette, il allait au moins la faire courir ! Un jeu entre eux depuis les années collège. Pourquoi cette fille pétillante, joviale et extrêmement populaire avait-elle décidé un beau jour de s'intéresser à lui et d'en faire son meilleur ami ? Lui, le garçon solitaire, taiseux et bagarreur ? L'envie de faire une bonne action comme adopter un chien à la SPA, avait-il pensé sur le moment. Et puis – petit à petit –, il avait compris que la meneuse de la bande n'était pas si sûre d'elle, pas si bien entourée et pas si joyeuse que ça. Qu'elle aussi avait besoin d'une béquille sur laquelle s'appuyer. Et les contraires – pas si contraires que cela – s'étaient trouvés. Une histoire de yin et de yang, d'après Giagiá. Et voilà que la chouette se rapprochait d'un pas léger, aérien, et qu'il la laissait gagner du terrain.

– Hé, Gaby ! T'es sourd, ma parole ! cria l'interne de gynécologie avant de reprendre sa respiration. *Elle venait de s'interposer devant lui, une main plaquée contre sa poitrine.* J'ai un petit service à te demander.

Il grimaça. Cette dernière phrase, ne l'avait-il pas déjà entendue deux semaines plus tôt quand il l'avait croisée au sortir d'une césarienne ? Et tout de suite après, il s'était retrouvé avec une brochette de triplés dans les bras. Trois fronts plissés de colère qu'il avait mis plus de deux heures à calmer ! Et la chouette avait même osé le charrier :

– Tu sais ce qu'il te manque ? Une troisième main.

Sans parler du jeudi où l'effrontée en blouse blanche s'était pointée tout sourire et lui avait proposé devant tout le monde de bercer une copine en mal de compagnie :

– Quand on a des mains magiques, il faut savoir les exploiter !

Lui qui voulait se faire discret ! Il avait l'impression que – depuis qu'elle l'avait sous la main à l'hôpital –, elle prenait un malin plaisir à l'embêter. Mais là, étrangement, pas de sourire en coin ni d'air espiègle. Il perçut dans ses yeux une inquiétude nouvelle. Une urgence.

– C'est Anna, une amie très proche… Tu sais, je t'en ai déjà parlé.

Il fit la moue. Ce prénom lui disait effectivement quelque chose, mais il avait toujours refusé de rencontrer ses copains de fac. Dans leur amitié exclusive, l'un comme l'autre n'avaient pas l'habitude de partager.

– Elle a accouché il y a à peine deux jours et je la sens à

deux doigts de craquer. La pauvre, la situation est un peu particulière, c'est vrai. Et ça explique peut-être pas mal de choses, mais…

– Mais quoi ? lâcha-t-il.

– Son bébé… il n'était pas encore sorti du ventre de sa mère qu'il criait déjà. Et depuis, il ne s'arrête plus. Je n'ai jamais vu ça ! Vingt-quatre heures sur vingt-quatre ! *Il leva les yeux au ciel pour lui montrer qu'elle exagérait.* C'est vrai, je te jure ! Suis-moi, si tu ne me crois pas…

– Marie, soupira-t-il. Je ne vais quand même pas me mettre à bercer tous les bébés de la maternité !

Il repoussa sa main et voulut continuer son chemin lorsqu'elle s'agrippa à lui.

– Pas tous les bébés ! Celui d'Anna ! On ne peut pas la laisser comme ça.

– « On » ?

– Pour moi, ce n'est pas un hasard si je tombe sur toi aujourd'hui… C'est un signe.

– Arrête ! Tu te mets à parler comme Giagiá. Un signe de quoi ?

– S'il te plaît ! Si je te disais ce qu'il lui est…

Il ôta son casque et le plaqua contre sa poitrine.

– Je sais… Tu vas me dire qu'elle est célibataire et qu'elle a accouché de triplés, c'est ça ?

– Pire !

Marie s'était mise sur la pointe des pieds pour donner de la hauteur à ses propos. Il sourit à son air suppliant. De la chouette, elle n'avait pas que le cri mais aussi les grands yeux ronds et écarquillés qui brillaient dans la nuit.

– Pire ?

– S'il te plaît.

– Juste cinq minutes alors.

7

La douce spirale

La chambre était plongée dans la pénombre où seul un petit halo de lumière provenait du néon au-dessus du lavabo. La femme, allongée en chien de fusil, lui tournait le dos et son bras tendu recouvrait son visage. Sa longue chevelure noire brillait sur l'oreiller et pendait légèrement hors du lit. Comment pouvait-elle dormir avec un vacarme pareil ? Les hurlements étaient si stridents qu'il leur sembla que les meubles vibraient avec. Depuis l'encadrement de la porte, Gabriel observait la scène, médusé, sans oser avancer et Marie lui décocha un clin d'œil avec l'air convaincu du « je te l'avais bien dit ».

– Elle dort, s'offusqua-t-il. On ne va quand même pas entrer comme des voleurs ! Pas sans lui demander la permission !

– Bah, si… J'suis docteur, j'fais ce que j'veux.

– Non, je ne crois pas.

– Je blague, gloussa-t-elle en lui agrippant le bras et en le tirant vers l'intérieur. C'est ma copine et on est là pour lui rendre service, non ? Alors, arrête de te poser toujours un tas de questions !

Dans quelle galère l'embarquait-elle encore ? Pourquoi se laissait-il toujours amadouer aussi facilement ? Il n'y avait que cette fille qui détenait ce pouvoir-là sur lui. Les autres – ses conquêtes d'une nuit – n'avaient pas cette emprise. Des rencontres éphémères au goût unique comme celles que l'on peut faire en voyage, dans un wagon de train ou à la terrasse d'un café. Où l'on sait pertinemment qu'on ne les reverra pas et qu'on ne cherchera pas à les rappeler. Mais Marie, depuis le début, c'était différent. Pas d'attraction charnelle ni d'ambiguïté. Juste une chouette collante et exubérante, aussi persuasive qu'une vendeuse lors d'une réunion Tupperware. D'habitude – advienne que pourra –, il s'amusait à la suivre. Mais là, pourquoi sentait-il qu'il allait le regretter ? Ce fut d'ailleurs au moment où il s'apprêtait à faire demi-tour que deux billes noires accrochèrent son regard. Deux grandes billes à l'affût, pleines de colère et d'attente à la fois.

– Je te présente Andréa.

L'homme, intrigué, se pencha au-dessus du berceau et fut surpris par la rage qui animait ce petit corps. Comment cette bouche minuscule était-elle capable de crier si fort ? Très vite, les pleurs se modifièrent. Comme un appel à le sortir de là. Et étrangement, à ce moment, Gabriel ne pensait plus à Marie, ni à la raison de sa présence ici. Il souleva le petit être, happé par l'insistance et la détermination dans ses yeux, et le cala dans le creux de son bras. Une petite tête humide et fripée surmontée de cheveux noirs et épais, dont la couleur de peau ressemblait étonnamment à la sienne. Une couleur dorée et hâlée, légèrement plus claire, contrastant avec le teint diaphane de sa mère. Un joli métissage, songea-t-il en s'asseyant sur le fauteuil près du lit. Qu'est-ce qui pouvait motiver une si petite chose à exprimer sa colère ? Contre quoi protestait-il ? Et quelle dépense d'énergie pour montrer son mécontentement ! Gabriel sourit tendrement à l'enfant et ses cris se muèrent en petits gémissements. Doucement, comme une caresse, il posa son index magique entre ses deux sourcils froncés puis commença à tracer des cercles. Une sorte de spirale qui tournait, de plus en plus grande, jusqu'à occuper la totalité du front. Les petits poings mirent plus de temps à se relâcher que le reste du corps. Comme si – même endormi – ils étaient capables de rester en état de veille et de frapper à tout moment. Un boxeur en herbe, pensa-t-il en observant progressivement ces mains se déplier en éventail, les plis se dessiner sur ses paumes puis le long de ses phalanges. Des plis de petit vieux à qui on avait enfilé un bracelet en plastique pour l'identifier.

Andréa Madec. Quelle était donc son histoire ? Une histoire qui s'avérait déjà bien compliquée, à seulement quelques heures de vie, au vu de ce que Marie avait sous-entendu tout à l'heure. Lorsqu'il se tourna vers la femme endormie près de lui, il baissa aussitôt les yeux. Était-ce son complet relâchement ou sa beauté qui le mettait mal à l'aise ? Longs cils noirs, nez droit légèrement retroussé, bouche gigantesque et lèvres roses entrouvertes. Quel âge avait-elle ? Vingt ? Vingt-cinq ans ? À chaque coup d'œil, cette même impression de voyeurisme. Que lui était-il arrivé ? Y avait-il un drame derrière ses pleurs ? Un viol, une maltraitance ? Où était donc le père pour que Marie l'appelle, lui, Gabriel, à la rescousse ? L'avait-elle fui ou était-ce lui qui était parti ? Mais peut-être n'était-il pas important dans l'histoire.

– Tu n'as pas fini ta phrase tout à l'heure, murmura-t-il à Marie qui venait de s'asseoir sur l'accoudoir près de lui.

– C'est-à-dire ?

– Le pire… Tu parlais du pire. Que lui est-il arrivé, à ton amie Anna ? Où est le père ?

– Dans la tombe, lâcha-t-elle du tac au tac sans quitter l'enfant des yeux.

Un frisson le parcourut et le berceur regretta d'avoir posé la question. Giagiá l'avait prévenu. Pour rester neutre, il valait mieux ne rien savoir de leur dossier médical ni de leur vie personnelle. On s'attachait trop sinon.

– Écoute, Marie. Il faut que j'y aille… Il est sur le point de s'endormir. Assieds-toi à ma place, tu n'as qu'à prendre le relais.

La chouette fit comme si elle n'avait rien entendu et poursuivit sur sa lancée :

– Eduardo était argentin. Il était venu passer quelques mois à Brest pour se perfectionner en neurochirurgie. Moi, j'étais à l'internat de Quimper à ce moment-là. Anna et lui étaient colocataires rue du Bois-d'Amour. Un lieu au nom prédestiné vu tous les couples qui se sont formés dans cet appartement… *Elle sourit tristement, la mine pensive.* Je me souviens, quand je venais les voir les week-ends, Anna était littéralement envoûtée ! Et lorsqu'à la fin de son stage, elle nous a annoncé qu'elle comptait suivre le beau Latino à Buenos Aires – je n'ai pas été étonnée… Mais je l'ai quand même engueulée ! Tu me connais. Quelle bêtise de penser qu'elle pourrait finir sa thèse de chirurgie viscérale là-bas et obtenir une équivalence ! Elle n'aurait jamais pu trouver un poste à l'hôpital… Mais bon, l'amour rend aveugle, paraît-il. *Marie se pencha sur l'enfant et prit un air grave.* Andréa, je ne pense pas qu'ils l'avaient planifié, je n'ai jamais osé lui demander. Elle était enceinte de quatre mois quand Eduardo a été percuté sous ses yeux par un chauffard…

Gabriel, lui, continuait à tourner d'un rythme lent et constant, tout en serrant les dents et en fermant les yeux à l'écoute de cette sombre histoire. Et progressivement, les petits geignements prirent le rythme de son doigt avant de s'éteindre complètement.

– Anna est rentrée peu de temps après l'enterrement et n'a prévenu personne. Elle s'est réfugiée dans sa famille sur l'île de Groix et s'est fermée au reste du monde. T'aurais vu ma tête quand Matthieu, son cousin, m'a amenée là-bas pour la convaincre de rentrer ! Anna – mon Anna – était enceinte et commençait déjà à avoir des contractions ! Je m'en veux de ne pas avoir été là quand elle avait besoin de moi, si tu savais.

– Cela n'aurait rien changé.

– Heureusement que ce bébé est né en parfaite santé !

– Et bien décidé à se battre, apparemment.

– Se battre, je ne sais pas… Mais montrer qu'il existe, certainement, chuchota-t-elle, attendrie par le spectacle. C'est incroyable… Comment tu fais ? Tu l'hypnotises ? *Gabriel haussa les épaules en souriant.* Ce don-là, tu me l'avais caché !

– Pourtant, ce n'est vraiment pas sorcier.

– Sorcier… Bah, si, justement. C'est tout à fait ça ! T'es un sorcier ! gloussa-t-elle tout bas en lui pinçant la joue. Bon, je dois filer ! Je suis attendue aux urgences… Pars quand tu veux.

– Hé ! Tu ne vas pas me laisser là… !

Elle prenait déjà la direction de la porte, et Gabriel dut baisser l'intensité de sa voix pour ne pas les réveiller.

– … Hé ! Reviens… ! Giagiá et Papouss m'attendent pour dîner.

– Ah, génial ! Raison de plus pour ne pas traîner alors, ironisa-t-elle, les yeux brillant de malice, en lui envoyant un baiser avec la main. On se voit demain à l'entraînement… Tu pourras te venger sur moi, si tu veux.

– Je ne boxe pas pour me venger… Et surtout pas contre un poids mouche dans ton genre ! Question de principe !

– Un poids mouche avec un imparable crochet du droit, tu veux dire !

Il acquiesça en lui faisant signe de filer, puis retint sa respiration quand la belle endormie gémit doucement en se retournant dans son lit.

8

Reprendre du poil de la bête

Deux nuits qu'elle ne dormait pas. Qu'Andréa pleurait sans discontinuer. Que son corps lui semblait lourd, la poitrine en feu et un fond de contractions dans le bas-ventre. Que la fatigue et la chute des hormones la rendaient à fleur de peau. Que les émotions jaillissaient avec une intensité décuplée. Depuis son plus jeune âge, Anna n'acceptait pas facilement les conseils. Et voilà que la phase de flottement et de sidération passée, son tempérament de battante refaisait surface. Et ce n'étaient pas seulement les conseils qu'elle ne tolérait pas, mais les personnes en général. Des sautes d'humeur aussi imprévisibles que les visites qu'elle endurait depuis la naissance d'Andréa. Qui lui faisaient monter les larmes comme les éclats de rire. Un craquage en bonne et due forme !

– Besoin de parler peut-être ? l'avait questionnée une psychologue, missionnée pour lui tirer les vers du nez.

– Non… Besoin de dormir !

Anna sortait les crocs chaque fois qu'on avait le malheur de l'approcher ou de lui suggérer quelque chose.

– Non mais je rêve… Si j'avais accouché dans la brousse, vous m'auriez vraiment proposé de la pâte à l'eau pour les fesses du bébé ? De la crème pour tétons ? Ou des pansements d'argile pour mon périnée ?

– Mais enfin ! Vous n'êtes pas dans la brousse, vous êtes à Brest !

– Et alors ? C'est pareil, non ? Laissez-moi tranquille !

La sage-femme avait pâli en reculant d'un pas. *Le coup de la psychologue, c'était sûrement elle.* Le pédiatre avait froncé les sourcils sans broncher en continuant à jouer du moulinet avec les jambes d'Andréa. L'inquiétude s'était lue sur le visage des parents d'Anna, puis ils avaient feint l'indifférence en prenant soin de déposer avant de partir un nouveau stock de crèmes en tout genre, de mouche-bébé et de lingettes. Heureusement qu'en fin de journée, Matthieu, accompagné de Marie-Lou, sa compagne, et Marie étaient venus dédramatiser la situation :

– Enfin ! Du Anna tout craché ! s'étaient-ils réjouis.

– Ça fait plaisir… Tu reprends du poil de la bête !

– Ha ha ha ! Le fameux pansement d'argile ! Estime-toi heureuse qu'on ne t'ait pas proposé le coussin chauffant aux noyaux de cerise.

– Ni la bouée pour hémorroïdes !

Plus d'une fois, la jeune femme avait failli déguerpir du service, son bébé sous le bras. Quelle réputation la future chirurgienne était-elle en train de se forger à l'hôpital de

Brest ! À la maternité en tout cas, elle était connue comme le loup blanc ! Si Andréa pleurait autant, ce n'était peut-être pas parce qu'il avait faim. Qu'il avait besoin de contact. De téter son sein. Un rot coincé. Une colique. Une angoisse… S'il braillait comme ça, c'était peut-être juste qu'il en avait assez de ce défilé incessant de gens bien intentionnés. Qu'il avait juste envie de rentrer chez lui. Un chez-lui qu'il ne connaissait pas encore. L'appartement rue du Bois-d'Amour qu'elle venait à la hâte d'aménager pour lui.

– Sortez-moi de là, les amis, les supplia-t-elle tous les trois, avant de rectifier : je veux dire, sortez-nous de là…

– Il va falloir t'y faire : maintenant, vous êtes deux, lui glissa Marie-Lou, le sourire aux lèvres, mesurant l'inquiétude que cette phrase suscitait.

– Un retour anticipé, ils sont d'accord, continua Anna. Apparemment, une sage-femme se déplacerait à domicile.

Matthieu feignit l'étonnement :

– Elle oserait, tu crois ? Quel métier dangereux !

Et sa cousine de lui tirer la langue en lui lançant une lingette à la figure.

– Si tu savais comme j'en ai assez de ce lit médicalisé, de ce matelas en plastique… De me doucher dans les toilettes… De porter des slips filets et des blouses d'hôpital ouvertes sur mes fesses… *La gynécologue fit un pas en avant, mais Anna ne lui laissa pas le temps d'intervenir* : Non, Marie, j't'arrête ! Ce n'est pas la peine de me dire qu'Andréa cherche mon sein. Laisse donc ma poitrine tranquille ! Il vient d'ingurgiter un biberon entier et recrache systématiquement sa tétine.

Marie haussa les épaules, un peu vexée et étonnée que son amie ait deviné le fond de ses pensées. Anna ne lui avait pas dit qu'elle ne comptait pas allaiter. Comment pouvait-elle le savoir ? Elle respectait sa décision. Loin d'elle l'envie de la culpabiliser ! Ce virage dans sa vie semblait déjà assez éprouvant pour elle.

– Eh bien, alors… Qu'est-ce qui peut bien se passer dans la tête de ce petit bonhomme ?

Intrigué et un peu effaré par la puissance des hurlements, le trio se pencha au-dessus du berceau et Marie-Lou tenta de pousser la chansonnette :

– « Doucement… Doucement… Doucement s'en va la nuit… »

L'enfant la dévisagea avec une telle colère que Matthieu ne put s'empêcher de pouffer.

– Quoi ? s'offusqua-t-elle. Malo l'adore, cette chanson… Dis tout de suite que je chante comme une casserole.

– Disons qu'Andréa et notre fils n'ont manifestement pas les mêmes goûts.

Marie les écarta pour se frayer un passage.

– Attendez ! Laissez-moi essayer… N'oubliez pas que je chante dans un groupe !

Et quatre strophes de Rihanna plus tard, toujours le même vacarme assourdissant !

– Il est vexant, hein ? s'esclaffa Anna, qui souriait pour la première fois de la journée.

Et tour à tour, chacun le prit dans ses bras. Avec précaution, comme s'ils avaient peur de le casser. En testant toutes les positions : sur le ventre, sur le dos, sur le côté. Mais rien n'y faisait : Andréa hurlait sans discontinuer. Marie-Lou finit par capituler et le redonner à sa mère en ajoutant pour détendre l'atmosphère :

– Demain, promis, on viendra te chercher… Hein, Matthieu ? *Le grand châtain, un peu surpris, opina du chef.* On ira te faire quelques courses, si tu veux, et on t'apportera les vêtements de naissance de Malo.

La jeune femme poussa un long soupir de soulagement en se laissant aller en arrière, son bébé recroquevillé sur le ventre. Une façon de signifier qu'il était temps de la laisser.

En quittant la chambre, le trio perdit son sourire de circonstance.

– Ce n'est pas gagné, s'inquiéta Marie.

– Elle craque complet, ajouta Marie-Lou.

– Pourquoi vous dites ça ? Elle réagit, elle grogne, elle fait chier le monde, c'est Anna… C'est normal.

– T'as vu ses cernes ? Son teint cadavérique !

– Elle vient d'accoucher… Je te signale que toi non plus, tu ne faisais pas la fière !

– Merci, Matthieu… Tout en délicatesse !

– Qu'est-ce que j'ai dit ? C'est bien toi qui ne supportes pas de revoir les photos de la maternité !

– Bon, les tourtereaux ! Si vous voulez, on organisera un

vote pour trancher : qui – de Marie-Lou ou Anna – était la plus affreuse après son accouchement ? Mais en attendant, il va falloir réfléchir à un moyen de calmer le petit… C'est insupportable, ces cris ! Il a vraiment un problème, ce môme !

9

Comme un paresseux sur sa branche

Anna se réveilla en sursaut. Pourquoi ce silence ? À dire vrai, pas le silence total : juste le grésillement du néon au-dessus du lavabo. Si intrigant qu'il venait de l'extirper de son sommeil et de la glacer sur place. Depuis quand cette chambre avait-elle retrouvé le calme ? Et depuis quand dormait-elle ? L'angoisse monta. Sa bouche lui sembla sèche. Aussi sèche que son corps était moite. Andréa. Où était-il ? Pourquoi ne l'entendait-elle pas crier ? L'avait-elle écrasé dans son sommeil ? Elle fit un bond dans son lit pour vérifier ses draps, puis se tourna vers le berceau. Il était vide. Et là, l'angoisse laissa la place à l'effroi. Les infirmières l'avaient-elles emmené à la nurserie ? Quelqu'un l'avait-il kidnappé pendant son sommeil ? Une respiration se fit entendre dans son dos. Un frottement de tissus. Un raclement de gorge gêné puis un « désolé, je ne voulais pas vous faire peur », murmuré dans un souffle.

Anna sauta à genoux sur son lit et réfréna un cri de

terreur en portant ses deux mains devant la bouche. Assis sur le fauteuil à côté du lit, un homme – un illustre inconnu qui n'avait ni blouse ni badge – tenait son bébé à cheval sur son avant-bras. Dans la pénombre, elle distingua sa main gigantesque, au creux de laquelle reposait la minuscule tête d'Andréa. On aurait dit un paresseux endormi sur une branche d'arbre. Un bébé paresseux dont les lentes oscillations du dos lui assurèrent qu'il respirait encore. Elle s'approcha, sur la défensive.

– Qui êtes-vous ?

– On m'a demandé de venir bercer votre enfant.

– Comment ça ? Qui vous a donné le droit d'entrer dans ma chambre ?

L'homme se gratta les cheveux, mal à l'aise.

– Vous connaissez Marie ?

Elle remarqua alors les dessins sur son crâne et cet étrange tatouage sur son biceps. Une sorte de ciel nuageux traversé par un éclair. Un éclair comme celui qui cisaillait ses pupilles en ce moment.

– Marie ?... Oui, j'ai bien peur de la connaître, soupira Anna.

– C'est elle qui est venue me chercher. C'est une longue histoire. Je suis un...

– Comme d'habitude, elle ne peut pas s'empêcher de se mêler de tout ! Même de ce qui ne la regarde pas !

– Sur ce point, je suis d'accord avec vous.

La douceur de sa voix intrigua Anna. Sa posture aussi. Virile et gracieuse à la fois, posée et nonchalante.

– Alors, rendez-le-moi, ajouta-t-elle, la gorge nouée. Rendez-le-moi et sortez !

– N'ayez crainte, il s'est endormi.

– Sortez, je vous dis !

Elle avait crié, puis s'était ravisée en couvrant sa bouche de sa main. Mais c'était trop tard. Le paresseux avait sursauté sur sa branche pour aussitôt recommencer sa plainte. Il se mit à gesticuler si fort que l'homme dut le caler contre lui. Cette aisance, d'où lui venait-elle ? Travaillait-il réellement à la maternité ? Et sa blouse ? où était-elle alors ? Voilà qu'il la dévisageait comme si lui non plus ne comprenait pas ce qui se passait. Pas de colère ni de jugement dans ses yeux noirs et ses sourcils froncés, mais une sorte d'attention soutenue, mêlée d'inquiétude. Ça lui parut long. Une éternité. Lorsqu'il se leva, qu'il s'appliqua à lui donner l'enfant avec le même flegme, elle se sentit minuscule. Minuscule et honteuse.

– Quelle heure est-il ? bredouilla-t-elle.

– Trois heures du matin.

– Déjà ?

Il sourit devant son air étonné. Elle avait dormi tout ce temps ? Quel était donc cet homme capable de passer une nuit blanche pour bercer un nouveau-né ? Il devait la trouver ridicule avec sa blouse trop grande, ses joues bouffies, son visage défait et ses cheveux en pétard.

Et lui, de lui souffler d'un air compatissant :

– Bon courage.

Quand il referma la porte, qu'elle resta seule au milieu des cris, elle se demanda un instant si elle n'avait pas rêvé.

Une sorte d'ange gardien. Tatoué, ténébreux, intrigant. Sûrement une construction de son esprit tourmenté. Comme un mirage au milieu du désert. Et lorsqu'elle parcourut la pièce des yeux, le chèche noir laissé sur le dossier du fauteuil l'assura du contraire.

DEUXIÈME PARTIE

Garde haute

Désigne une posture corporelle
permettant au combattant
d'une part de se préparer à défendre,
et d'autre part de passer à l'offensive,
les mains portées bien haut au niveau du visage.

« La colère ne fait que distraire
de la tristesse. »

John GREEN, *Qui es-tu Alaska ?*

10

Le boxeur

Gabriel frappait. Poings serrés, garde haute. Une série de *jab*, de *cross,* rapide et relâchée, en veillant à protéger son menton. Le dos bien droit et les jambes sautillantes, mais en constante maîtrise. Une histoire de transfert du poids du corps. Une histoire d'équilibre. Gabriel frappait sans discontinuer, jusqu'à ce que ses mains s'engourdissent, que ses bras s'alourdissent, que la sueur ruisselle dans le creux de son dos et que son corps se liquéfie.

Ce soir-là, lorsqu'il avait refermé la porte derrière lui, il était resté un long moment dans le couloir de la maternité, dos au mur. Un peu sonné, le souffle coupé. Ces heures à bercer, assis dans la pénombre, l'avaient plongé dans un demi-sommeil. Quand le corps reste en veille, que l'attention se dissipe et que les pensées se transforment en rêves. Si bien qu'il n'avait rien vu venir et que le somnambule était resté abasourdi d'avoir été réveillé si abruptement. Il avait mis du temps à réagir face à cette agitation soudaine, cette colère sortie des draps. Pourquoi sortir les poings alors qu'il ne cherchait pas à se battre ? Le berceur, propulsé dans les cordes, s'était senti mal. Mal d'avoir fait peur à une femme, de l'avoir blessée, d'avoir violé son intimité en quelque sorte. Un sentiment nouveau qui chez lui, forcément, avait fait ressurgir le passé. Comme une claque sèche qui fouette la joue et détourne le regard. Il s'était revu enfant, accroupi dans le couloir de l'appartement en train de fixer ce poster écorné de Mohamed Ali. Il s'imaginait entrer sur le ring comme au travers d'une fenêtre entrouverte. Là-bas, de l'autre côté, les injures criées par son père se mêlaient à la clameur de la foule, les gémissements suppliants de sa mère aux huées des supporters, et il n'avait plus peur. Par magie, son corps maigrichon d'avoir poussé trop vite gagnait en muscles et en envergure. Et il se sentait plus fort. Combien de temps durait l'affrontement ? À cet âge, difficile de le mesurer. En tout cas, quand le calme revenait et que le silence paralysait les lieux, il bondissait de l'affiche et retrouvait sa position : prostré, le menton derrière ses genoux. Avec toujours cette impression acide de ne pas s'être battu comme il fallait. D'avoir abandonné avant le gong de fin. Un gong qui restait fiché – lancinant et douloureux – dans le creux de sa poitrine. Un gong qui faisait trembler ses membres, comme ici, dans ce couloir de maternité.

Gabriel avait fermé les yeux et serré les poings contre le mur en pensant à cette fille au regard d'uppercut. Comment pouvait-il se rattraper ? Et s'il retournait s'excuser ? S'il la persuadait de bien vouloir l'écouter ? Mais quelles explications lui donner ? Lui-même ne comprenait pas sa réaction. Pourquoi avait-il accepté la proposition de Marie ? Que lui avait-il pris de rester aussi tard ? Pourquoi n'avait-il pas reposé le petit dans son berceau, une fois endormi ? Il aurait dû fuir ! Partir avant qu'elle se réveille ! Mais il avait perçu quelque chose d'inhabituel qu'il n'arrivait pas à définir. Une détresse inavouée, un appel à l'aide. Quelque chose qui l'avait retenu jusqu'au milieu de la nuit et qui l'empêchait de trouver le sommeil. Gabriel était reparti, le corps lourd et courbé, le pas traînant. Penché sur sa moto, le vent frais de septembre lui fouettant le visage, il avait fait plusieurs tours de la ville, lentement, sans chercher à accélérer. Et quand il avait fini sa course au port du Château, le malaise était toujours là et le gong le poursuivait.

Le port ne dormait jamais. Un peu comme lui. Et c'était sans doute ce qu'il appréciait le plus. Cette ambiance de travail, ce rythme décalé, cette agitation autour des marins qui déchargeaient leur marchandise et de ceux qui s'apprêtaient à prendre la mer. Un mélange de bruits métalliques, d'odeurs iodées qui le tenaient en éveil. D'un signe de main, il avait salué l'équipage posté sur le pont de l'*Abeille Bourbon*. Cet immense remorqueur de sauvetage accosté face à son immeuble était comme un phare au milieu de la nuit. Prêt à intervenir à tout moment, il illuminait les quais. Une lumière multicolore et clignotante qu'il aimait laisser diffuser à travers les baies vitrées de sa chambre comme si elle était capable de chasser les ombres et les cauchemars. Mais cette nuit, Gabriel le savait, cela ne suffirait pas. Il se préparerait un litre de cocktail miracle et s'enfermerait à double tour dans la salle de sport qu'il s'était aménagée au rez-de-chaussée. Une pièce carrée aux murs borgnes couverts de miroirs où, au milieu, pendait un punching-ball.

Gabriel boxait pour évacuer. Boxait pour exister. Comme une soupape de décompression. Dès l'âge de sept ans, il s'était inscrit dans un club. Monter sur le ring, c'était prendre de la hauteur. Comme sauter dans le poster. Et petit à petit, son corps s'était dessiné, sculpté. Sculpté pour frapper. Pour se défendre. Pour ne plus avoir peur. Malgré les encouragements de son entraîneur, rares étaient les combats. D'une nature solitaire, il préférait se défouler sur le punching-ball ou pratiquer le *shadow-boxing* face au miroir : sorte de chorégraphie pour parfaire et corriger ses mouvements. Un combat fictif où, pendant des heures, le sportif analysait chacun de ses coups, la puissance de ses frappes, les différents enchaînements et les schémas tactiques. En recherche constante de perfection, il étudiait la rotation de ses hanches, l'efficacité de son jeu de jambes en s'imaginant une ficelle tendue entre ses deux chevilles. Tendue mais pas trop, sinon elle risquait de casser. Un peu comme l'état de ses nerfs en ce moment.

Ce ne fut qu'au petit matin, ses démons enfin derrière lui, qu'il daigna sortir de son antre et regagner son loft au deuxième étage. Lorsque, pétri de courbatures et ruisselant de sueur, il trouva Giagiá installée à la cuisine, il la salua comme si de rien n'était, tout en s'épongeant le visage avec la serviette enroulée autour de son cou :

– Que manges-tu de bon ? Du caviar ?

– Oui, arrosé de champagne, bredouilla la vieille femme en se laissant embrasser sur le front.

– Au petit déjeuner ? Quelque chose à fêter ?

– Non, j'ai rapatrié toutes les folies que vous m'avez apportées l'autre nuit… ! Tu ne me demandes pas ce que je fais là ?

– J'ai ma petite idée, répondit-il en attaquant les toasts aux œufs d'esturgeon. Ma main à couper que tu t'es inquiétée pour hier soir… Et Evann ? Il n'est pas venu dîner non plus ?

– Répétition de dernière minute avec son Breizh band ! grimaça-t-elle.

– Et ses révisions ? Je ne le remplace pas à l'hôpital pour qu'il fasse de la musique !

– Et toi ? Pourquoi tu t'es décommandé ?

– Tu n'as pas reçu mon message ? J'ai croisé Marie à l'hôpital et elle m'a supplié de rester dîner avec elle. Tu la connais, quand elle a décidé quelque chose…

Giagiá resta à le fixer, absorbée dans ses pensées. Y avait-il un indice caché derrière ce regard fuyant ? Derrière ce mensonge ? Marie était de garde hier soir. En mère inquiète, Giagiá s'était empressée de l'appeler, mais l'interne s'était excusée de ne pas pouvoir discuter très longtemps. Manifestement, le devoir l'appelait. Un devoir qui braillait dans le combiné, sans doute en plein travail, les pieds dans les étriers. Que lui cachait son fils ? Et où avait-il donc passé la nuit ? Evann n'était pas rentré non plus, mais lui, c'était différent. Le musicien avait l'habitude de découcher les jours de répétitions. Elle ne se tracassait pas pour lui. En tout cas, pas pour les mêmes raisons.

Au cours du dîner en tête à tête avec Papouss, Giagiá était restée silencieuse et boudeuse à décortiquer l'énorme poulet prévu pour quatre. Toute cette viande, quel gâchis ! Elle s'affairait déjà à préparer des Tupperware quand Papouss avait essayé de la distraire en lui tendant, du bout de son auriculaire, le bréchet qu'il venait d'extraire de la carcasse :

– Angèle, joue donc avec moi, plutôt que de ruminer !

Faire un vœu en tirant sur ce petit os en forme de V était une tradition dans la famille. Et lorsque le petit morceau – le mauvais donc – était resté dans la main de Giagiá, son expression, déjà morose, s'était assombrie encore plus. Qu'allait-elle faire de ce bout de poulet qui n'exauçait rien ? Qui ne laissait aucun espoir ? Face à la mine désolée de son mari, la bougonne avait décidé qu'il valait mieux se coucher. Demain serait un autre jour.

– Hubert ? Tu dors ?

Et voilà qu'au petit matin, à force de se retourner dans son lit, le ventre creux et la tête pleine de nœuds, elle avait changé d'avis.

– Hubert ?

Secoué comme un cocotier, l'homme rondouillard ronflant comme un bienheureux la bouche ouverte n'avait d'abord pas réagi et Giagiá avait fini par lui pincer le nez. Une pression ferme jusqu'à ce que les ronronnements cessent, qu'un bruit de gorge sourd se fasse entendre.

– Quoi ? avait-il sursauté d'un air affolé. Qu'est-ce qui t'arrive ?

– Je n'arrête pas d'y penser !

– Hein ?

– Au message de Gaby.

– Ce n'est pas l'heure de penser, ronchonna-t-il en lui tournant le dos. C'est l'heure de dormir !

– Ça ne lui ressemble pas de mentir.

– Cesse de t'inquiéter ! À son âge, c'est normal d'avoir ses petits secrets… surtout quand on connaît ta curiosité. J'aurais fait la même chose à sa place !

Elle poussa un long soupir.

– J'ai peur pour lui… Ces derniers temps, je le trouve de plus en plus fuyant. Pas toi ?

Un grognement résonna sous la couverture.

– Angèle, tu me fatigues ! Moi, je trouve tout le contraire… Regarde comme Gaby s'investit à l'hôpital. C'est toi-même qui m'as raconté toutes les louanges que les infirmières n'arrêtaient pas de faire sur lui.

– Je le connais, mon Gabriel, ça doit le remuer, tout ça.

Papouss finit par s'asseoir, définitivement réveillé par cette conversation, et adopta un air grave.

– Ce n'est pas en faisant l'autruche qu'on avance dans la vie ! Laisse-le se confronter à son passé… C'est sans doute la seule manière pour qu'il réalise à quel point il est devenu un homme bien. Je suis fier de lui ! Et moi, ça me plaît qu'il nous pose des lapins ! À vingt-huit ans, on a mieux à faire que de dîner chez ses vieux parents.

Giagiá posa sa tête sur l'épaule d'Hubert en réfléchissant à ses dernières paroles.

– Quand je repense à la farce qu'ils nous ont faite tous les deux, l'autre nuit ! déclara-t-elle dans un demi-sourire. Toutes les folies qu'ils ont cachées dans notre réfrigérateur !

– Tu vois ? C'est la preuve que tu n'as pas à t'en faire, vieille sorcière. Ils sont rusés, tes petits, et ils ont voulu te prouver qu'ils pouvaient très bien se passer de toi !

– T'as sans doute raison, vieux brigand… Mais je vais quand même m'assurer que tout va bien.

– Là, maintenant ?

Ce n'était peut-être pas le jour du marché, mais il fallait qu'elle en ait le cœur net ! Et dans son lit, son cœur était loin d'être net. Attablée au comptoir de la cuisine de leur appartement non plus d'ailleurs. Le jour tardait à se lever, retenu par d'épaisses nappes de brouillard et Giagiá attendait dans la pénombre que ses oisillons daignent la retrouver. D'ici, elle percevait la musique depuis la salle de boxe, les coups sourds sur le sac de sable et ça ne lui disait rien qui vaille. Si le boxeur avait eu besoin de se défouler toute la nuit sur son punching-ball, elle devinait très bien dans quel état d'esprit il se trouvait, et un sentiment d'impuissance l'anima. Gabriel était-il destiné à souffrir toute sa vie ? Aurait-il un jour des nuits paisibles ? Une vie normale et lumineuse ? S'autoriserait-il à aimer ? Lorsqu'elle fit sauter le bouchon de la bouteille de champagne, elle espéra que la détonation les fasse sortir de leur tanière. Et la mine triste, elle trinqua à la santé de ses oisillons.

11

Comme un ballon de rugby

– Ça ira, merci… Je n'ai besoin de rien, cria Anna derrière la porte, tout en guettant la réaction de Marie à travers l'œil-de-bœuf.

Cette phrase passe-partout, elle avait pris l'habitude de la prononcer à qui l'approchait de trop près. À ses parents, ses oncles Yann et Charly, son ami Josic. À Marie-Lou et Matthieu. Tête baissée, les yeux fuyants, la jeune mère voulait qu'ils comprennent qu'elle pouvait y arriver seule, qu'elle n'avait jamais dépendu de personne et que ce n'était pas maintenant que cela allait changer. Depuis qu'elle avait retrouvé son chez-elle : Brest, son appartement rue du Bois-d'Amour, Anna devait reprendre le cours de sa vie. Pour Andréa et pour elle. Pas question d'aller s'isoler sur l'île de Groix, d'enfouir sa tête dans le sable en attendant que ça se passe. Il fallait aller de l'avant et prendre un nouveau départ. Voilà ce qu'elle se répétait tous les matins devant la glace en se tapotant les joues énergiquement pour leur redonner des couleurs. Mais plus les semaines s'écoulaient, plus son reflet pâlissait dans le miroir. Yeux cernés, visage chiffonné, cheveux en pagaille, Anna tardait à donner le coup d'envoi et ses pieds restaient collés dans les starting-blocks, incapables de bouger. Dans ce trois-pièces qu'elle connaissait pourtant par cœur, rien ne lui paraissait comme avant. Pourquoi se sentait-elle perdue ? Pas de travaux, de cloisons abattues ni de déplacements de meubles, juste des biberons et des boîtes de lait dispersés dans la cuisine, un berceau contre son lit, un transat posé sur la table du salon et un landau qui occupait toute l'entrée. Ce petit bout prenait tellement de place qu'il faisait désormais partie des murs. Était-il capable – en l'espace de quelques semaines seulement – de gommer tous ses repères, tous ses souvenirs ? Oubliés, le kig ha farz de Matthieu, les batailles de farine et les grands éclats de rire. Oubliés, les plateaux télé avec Marie-Lou et les dîners en tête à tête avec Eduardo. Oubliés, les caresses et les mots d'amour. Rien ne serait plus comme avant. Et que faire de ce sentiment angoissant à chaque fois qu'elle franchissait le perron de l'appartement ? Cette boule dans la gorge ? Cette impression d'emménager là pour la première fois. D'être une étrangère dans sa propre vie.

– Je n'ai besoin de rien, répéta-t-elle plus distinctement au cas où son amie n'ait rien entendu.

Mais sa mine boudeuse et son air décidé lui indiquèrent qu'elle n'allait pas s'en débarrasser comme ça. Surtout quand Marie s'élança contre la porte, torse en avant, et qu'elle finit sa course à ses pieds dans une magnifique glissade.

– Aïe ! Je viens de me démonter l'épaule ! gémit-elle en se relevant.

Et Anna ne put s'empêcher de rire.

– Bonjour, Marie. Je ne savais pas que tu t'étais mise au bodysurf…

– Body-parquet ciré, tu veux dire… Ton téléphone est en panne ou quoi ?

– Non, je n'avais juste pas envie de te parler !

– Qu'est-ce que j'ai fait encore ?

– Tu as le toupet de poser la question ? La prochaine fois, préviens-moi quand tu invites des copains dans ma chambre. Ça m'évitera de faire une crise cardiaque !

– Gabriel ? rétorqua-t-elle en se mordant la joue. Tu l'as vu ?

– Si je l'ai vu ?… Je lui ai même crié dessus !

– Ah bon ? Pourquoi ?

– Parce que tomber sur un inconnu assis dans le noir qui te regarde dormir, ça surprend !… Surtout à trois heures du mat' !

– Trois heures du mat', tu dis ?… Il ne devait rester que quelques minutes !

– Enfin, Marie, soupira-t-elle. Qu'est-ce qui t'a pris de lui demander de venir ? De quel droit ?… Et pourquoi lui ? C'est qui, ce mec ?

– Mon meilleur ami… Et sans doute le meilleur berceur au monde ! *Anna secoua la tête comme si cela ne servait à rien de discuter.* Fais-moi confiance ! Il fait partie d'une association.

– Non mais, je rêve ! Il existe vraiment une association qui s'invite en pleine nuit pour kidnapper les bébés ?

– T'es dure… Je t'assure qu'il a vraiment un don.

– Si ton ami est vraiment si exceptionnel, tu aurais pu attendre que je sois éveillée et consentante pour me le présenter plutôt que de me faire passer pour une folle furieuse !

– Ah, tu vois ! Tu reconnais que j'ai eu raison. *Anna leva les yeux au ciel.* Ce n'est pas faute d'avoir voulu te le montrer ! Des années que j'essaie, mais Gaby est un peu… Comment dire ?… Sauvage. Et vu ta réaction, pas sûr que tu le revoies de sitôt.

Anna ne chercha pas à en savoir plus, mais cette dernière remarque l'intrigua. Elle se demandait vraiment comment ces deux-là pouvaient être amis. Un jour peut-être – quand elle aurait pris ses marques, entamé le nouveau départ –, elle irait s'expliquer, lui dire combien elle avait eu peur. Qu'en temps normal, elle n'aboyait pas sur les gens. Qu'elle s'amusait des imprévus. Qu'en temps normal, elle dormait comme une masse sans que rien vienne la surprendre. Mais quand ? Quand le temps reviendrait-il à la normale ?

Marie prit l'habitude de s'inviter tous les jours en sortant de l'hôpital. Et petit à petit, la porte s'ouvrit sans qu'il ait besoin de la défoncer. Ne pas lui demander son avis et garder le contact à tout prix : voilà ce que l'entourage d'Anna s'employait à faire pour éviter qu'elle ne sombre.

Des allées et venues juste pour prendre la température, l'humeur du moment et vérifier que tout allait bien. En tout cas pas plus mal. Et c'était justement ce que Matthieu était venu faire quand Anna le trouva affalé sur le canapé en train de siroter une bière.

– Tu pourrais sonner !

– À quoi ça sert ? J'ai mes clefs. Et puis avec le petit fauve, tu n'entends rien de toute façon !

Vêtue de son habituel kimono noir en satin – celui qu'elle ne quittait pas de la journée –, Anna s'assit à ses côtés et lui arracha la bouteille pour la porter à ses lèvres.

– On peut savoir ce qui t'amène ?

– Marie-Lou m'a chassé de la maison. Interdiction de revenir avant demain matin !

– Vous vous êtes disputés ?

– Non.

– Elle doit travailler ?

– Non. Je suis de garde !

– De garde ?

– Oui, du petit fauve !… *Sa cousine fronça les sourcils.* Je m'en occupe toute la nuit pendant que toi, tu en profites pour dormir. Un bon deal, non ?

– C'est gentil, mais…

– Mais tu n'as besoin de rien. Je sais… Mais vu ta tête de déterrée, permets-moi d'en douter.

Elle manqua de recracher sa bière.

– Merci ! C'est très flatteur !

– De rien.

Matthieu était le seul à pouvoir lui tenir tête, lui faire voir la vérité en face et la faire céder. Une connivence depuis l'enfance que Marie-Lou, sa petite amie, avait très bien cernée. Quand Anna souffrait, Matthieu souffrait avec elle. Si elle dérivait, il dérivait avec elle. Et depuis que la jeune mère – hermétique aux conseils – s'était littéralement barricadée entre quatre murs, Matthieu tournait en rond, lui aussi, comme un lion en cage. Avec un sentiment d'impuissance qui commençait à le rendre fou.

– Bon, à nous deux ! tenta-t-il d'intimider le nourrisson en se penchant au-dessus du transat.

Acceptant le duel, ce dernier se mit à agiter ses orteils comme s'il voulait donner des coups de pied. Et Matthieu, amusé, finit par le prendre dans ses bras.

– Tu ne me fais pas peur, tu sais ! J'ai déjà un petit fauve de dix-huit mois à la maison.

– Mets-le à plat ventre, à califourchon sur ton avant-bras. Il aime bien cette position.

– Comme ça ? (La tête d'Andréa, rugissante, reposait dans le creux de sa main.) C'est à la maternité que tu as appris ça ? La position ballon de rugby ?

L'image du berceur lui revint à l'esprit – celle du paresseux sur sa branche – et Anna haussa les épaules.

– Un ballon de rugby, je n'avais pas pensé à cette comparaison. Du moment que tu ne le lances pas !

– Essai ! cria Matthieu en levant son bras avec le ballon ovale accroché à ses doigts.

Les cris cessèrent aussi net et l'enfant jaugea son grand

cousin d'une étrange façon. Intense, profonde et résolue. Une détermination qui déstabilisa ce dernier. L'inquiéta même. Pourquoi cette colère ? Pourquoi ces cris incessants ? Avait-il mal quelque part ? Un nœud dans l'intestin ? Un trouble neurologique ? Cette nuit serait l'occasion d'en savoir plus.

– Je vais faire un tour du quartier… Histoire de l'endormir.

– J'ai déjà essayé. La poussette, ça ne marche pas.

– Ça aura au moins le mérite de soulager les voisins ! Profites-en pour prendre un bain, écouter de la musique ou savourer le silence pendant ce temps-là.

Au moment de traverser la porte avec son convoi à roulettes, Anna le héla depuis le couloir.

– Matthieu ?

– Quoi ?

– Merci, bredouilla-t-elle en souriant.

Elle aurait voulu lui dire plus, mais seul ce mot fut capable de sortir.

En arpentant la rue de Siam dans un sens puis dans l'autre, en longeant les rails du tram, Matthieu ne s'intéressa pas aux vitrines, ni aux passants qui le croisaient d'un air compatissant et attendri, ni au croissant de lune qui pointait sur le toit des immeubles. Ses yeux restaient rivés sur Andréa. Son front tout fripé, ses cheveux noirs qui dépassaient du bonnet et son bout de nez en trompette. Un bout de nez tout rose d'être dehors. Le promeneur testa plusieurs allures : le pas, le trot, le galop ; la ligne droite, les zigzags. Et au bout de deux allers-retours, les rugissements s'estompèrent enfin. Rusé, le petit fauve ! Rusé, mais pas invincible ! Là-haut, Anna s'était endormie elle aussi, lovée sous la couette, la tête enfouie entre les oreillers. Un tel camouflage que Matthieu mit du temps à la repérer et sourit en voyant dépasser une de ses mèches de cheveu. Comment prolonger son sommeil ? Surtout que devant l'immobilité soudaine de son carrosse, le tyran commençait déjà à gigoter et à pousser de petits gémissements. Faire demi-tour pour se réfugier au *Gobe-mouches*, le bar du rez-de-chaussée, s'imposa à lui. Ce n'était pas forcément l'endroit le plus approprié pour un nourrisson, mais qui avait dit qu'Andréa était un nourrisson comme les autres ?

– Mais regardez-moi qui voilà ! beugla Yvonne, l'imposante tenancière derrière le comptoir, en s'approchant les bras grands ouverts.

– Chut !… Il dort !

– Tu ne vas pas me faire croire que cet asticot aime le silence ! On l'entend crier jusqu'ici ! Un vrai ténor ! Regarde comme il est beau !… Tout poilu ! On dirait un chihuahua !

– Euh, un conseil. Évite ce genre de comparaison devant Anna, elle pourrait mal le prendre !

– C'est mignon un chihuahua, non ?… Pauvre Anna, comment elle va ? On ne l'a pas vue beaucoup depuis qu'elle est rentrée. Dis-lui qu'elle peut compter sur moi.

Et si elle a une course à faire, qu'elle n'hésite pas à me le laisser… ça me ferait tellement plaisir !

– Te le laisser où ? Derrière le comptoir ?

– Bien sûr ! Et je te garantis qu'il aura des admirateurs ! ajouta-t-elle en désignant la brochette de sourires béats qui lui faisait face. Je gardais bien Écume quand tu étais à La Réunion !

– Enfin, Yvonne, un bébé et un chien, ce n'est pas tout à fait pareil… Tu le sais ?

– Ha ha ha ! Tu ne vas pas me dire qu'à cet âge-là, ça n'a pas un côté animal !

Dans sa façon de dodeliner de la tête en secouant sa touffe de cheveux frisés, d'agiter ses mains potelées au-dessus du berceau, de pousser des gazouillis et de se tordre en grimaces, Matthieu se demanda si elle aussi n'avait pas un côté animal. Et étrangement, il fallut à Andréa un brouhaha de bistrot breton, des odeurs de bière, de « Gobe-mouches » et de whisky-Coca, des rires gras pimentés de brèves de comptoir, pour se rendormir profondément. Tenu fermement contre la poitrine de Matthieu, le ballon de rugby avait trouvé sa place favorite. Et le joueur attendri ne comptait pas le lâcher de sitôt. Il voulait apprendre à le connaître, prendre le temps de l'apprivoiser. Comme son propre fils. Et à cet instant, il eut l'impression d'avoir gagné la partie. Une petite victoire certes, mais n'était-ce pas un bon début ?

12

La réalité augmentée

– Alors que penses-tu du caviar au petit déjeuner ? s'amusa Giagiá.

– Je vais éviter de dire que j'apprécie, sinon tu es capable de m'en acheter toutes les semaines !

L'intéressée arrondit sa bouche en grognant de vagues protestations. Sa robe à fleurs enfilée à la hâte, ses longs cheveux blancs pincés sur le haut de sa tête lui donnaient des airs de diseuse de bonne aventure. Même s'il faisait croire le contraire, Gabriel ne se lassait pas des visites inopinées de Giagiá. Cette femme fantasque, toujours de bonne humeur, lui faisait l'effet d'un rayon de soleil sur son âme sombre et, finalement, il était plutôt content que leur surprise de l'autre nuit ne l'ait pas découragée de revenir. Comme si lui non plus n'était pas prêt à couper le cordon.

– Tu as le bonjour des infirmières du service, déclara-t-il en croquant dans sa tartine de luxe. D'ailleurs, elles m'ont demandé pourquoi tu ne venais plus ces dernières semaines.

– En ce moment, je m'occupe des plus grands. Un projet de conte en pédiatrie. On écrit une histoire, on la met en images sur des grands panneaux et on organisera une petite représentation avant les fêtes.

– C'est exactement ce que je leur ai répondu… On ne t'arrête jamais !

– Sans oublier le gala de boxe au profit de l'association. La préparation me prend du temps. D'ailleurs, tu es prêt ? Deux semaines, ça vient vite.

– Je m'entraîne toutes les nuits, grimaça-t-il en étirant ses bras.

Elle espéra un instant qu'il dise vrai. Était-ce la seule raison à son combat nocturne en solitaire ?

– Ne t'épuise pas trop tout de même !… Je t'ai annoncé qu'on t'avait trouvé un adversaire ? Un Cubain, champion dans son pays à ce qu'il paraît.

– Si tu t'inquiètes pour moi, pourquoi choisir le pire des challengers ? gémit-il.

– Ha ha ha ! C'est parce qu'on croit en toi ! Je suis sûre que tu vas réussir à le mettre à terre, ce beau bébé de cent kilos.

Gabriel se pinça les flancs sans trouver un gramme de graisse. Pas de poignées d'amour mais une cicatrice en forme d'éclair. Un éclair pâle sur sa peau brune qui assombrit subitement le sourire de Giagiá. Une ombre fugace comme à chaque fois que les marques du passé ressurgissaient à la surface.

– Cent kilos, tu dis ? Aïe… Il va falloir que je mange plus de caviar, alors !

– Du foie gras, plutôt ! intervint-elle en lui tendant un des pots en verre. Mange !

– Euh… Non merci.

– Et Marie ? Il paraît qu'elle participe elle aussi au gala. Tu l'entraînes ?

– Trois fois par semaine en ce moment… D'ailleurs, si elle vient ce soir, je compte bien la faire transpirer ! J'ai une revanche à prendre.

– Et dans quelle catégorie concourt-elle ? Les poids plume ?

– Poids mouche… Encore plus légers ! Ça lui va bien, non ? Une vraie mouche à merde !

Giagiá secoua la tête.

– Qui aime bien châtie bien… Quand allez-vous arrêter de vous disputer tous les deux ? Je l'ai croisée l'autre jour qui sortait de la maternité. *Gabriel évita son regard et quitta la table pour aller se changer.* Et au fait, comment ça s'est passé dans le service, hier soir ? continua-t-elle en le suivant jusqu'à l'escalier de sa chambre. On n'a pas eu le temps d'en parler.

La rassurer. Trouver une formule pour couper court à la discussion. Gabriel réfléchit un instant avant de répondre :

– Je commence à prendre mes marques. L'équipe est contente, je pense.

– J'en suis certaine ! Alors pourquoi tu ne continuerais pas quand Evann aura repris ?

– Ah non ! cria-t-il en se retournant d'un air contrarié. Enfin, je veux dire… ça ira, merci ! Je n'ai pas le temps. Je rends juste service.

– Le temps, ça se trouve, grogna la vieille femme.

Et Gabriel se radoucit.

– J'ai pas mal de boulot en ce moment, tu comprends ? Je suis sur un nouveau projet…

En quête d'indices à propos de la nuit dernière, elle sembla intéressée tout à coup :

– Ah oui ? Un nouveau logiciel ?… Tu me montres ?

– Si tu permets, je vais d'abord prendre une douche !

Cette fois, Giagiá ne sortirait pas du hangar par-derrière. Descendre avec lui au premier étage, pianoter le code secret sur la porte, franchir la porte blindée, traverser l'open space, s'arrêter discuter avec chaque employé, lui donnait l'impression d'être la reine d'Angleterre et d'inspecter ses troupes. D'où lui était venue cette idée de start-up dans l'industrie navale ? Il avait dû la copier aux États-Unis ou ailleurs, alors qu'il était encore à l'école d'ingénieurs. Et aujourd'hui, quinze personnes travaillaient à temps plein pour promouvoir le projet. Un projet si pointu qu'elle ne comprenait que la moitié des mots : robotique, industrie navale, aide à la décision dans la lutte contre la menace asymétrique. Mais cela ne l'empêchait pas de commenter et de donner son avis.

– Je te présente Zac, qui vient de nous rejoindre…

Giagiá inclina la tête d'un air cérémonieux. Non sans penser que ce nouvel arrivant avait la tête de l'emploi. Jogging tout chiffonné, barbe de trois jours, regard d'insomniaque. Sans parler des cartons à pizza et des canettes de soda qui s'empilaient sur son bureau. Tous pareils ! Heureusement que Gabriel ne faisait pas du commerce et ne recevait pas ses clients dans un tel capharnaüm ! Le code sur la porte, c'était peut-être pour être certain de ne pas être dérangé ?

– Alors, Zac ? Qu'est-ce que vous faites de beau ? se pencha-t-elle sur son ordinateur, en faisant glisser ses lunettes sur le bout de son nez.

Là où une multitude de courbes et de chiffres incompréhensibles remplissaient l'écran. Après avoir interrogé Gabriel du regard pour l'autoriser à parler, celui-ci se lança :

– Je travaille sur un nouveau logiciel de traitement de données vidéo qui permet de catégoriser les objets entrant dans le champ de vision des capteurs. Un commandant de frégate pourra ainsi décider de la création de deux zones différentes, l'une lointaine dite de surveillance et une autre plus rapprochée dite d'action.

Giagiá arqua un sourcil, feignant de s'intéresser au sujet :

– Impressionnant ! Impressionnant !

– Vous connaissez le principe de la réalité augmentée, madame ?

– Pas de « madame » entre nous ! Moi, c'est Giagiá pour tout le monde ! Réalité augmentée ? Le principe de la loupe, vous voulez dire ? Comme mes lunettes de presbyte ?

Les éclats de rire résonnèrent dans l'open space pour le plus grand plaisir de Sa Majesté. Et même si elle ne comprenait pas ce qu'il y avait de drôle, cette bonne humeur et cet esprit de camaraderie qui chargeaient les lieux, n'était-ce pas ce qui comptait le plus ? Une atmosphère encore plus prononcée au rez-de-chaussée où l'entreprise prenait des airs de club de vacances. Ici, les tentations étaient nombreuses : pause lecture, jeux vidéo ou baby-foot dans le salon détente, petit encas dans le coin cuisine, séance de yoga dans la salle de sport. Après cette traversée de l'empire, la reine mère partait rassurée. Gabriel n'avait plus ce regard fuyant, ces traits tirés et fatigués, cet air vulnérable. Et voilà qu'il l'embrassait sur le front, qu'il lui souriait en lui ouvrant la porte. Qu'elle reculait, émue, sans le lâcher des yeux et qu'elle serrait sa ceinture sur sa robe toute chiffonnée pour s'occuper les mains.

13

Poids lourd contre poids mouche

– T'es complètement cinglé !

Serre-tête en éponge, marcel satiné et large short remonté jusqu'à la poitrine, Marie venait d'entrer en trombe dans la salle de sport. À sa manière de le fusiller du regard, de sautiller et de donner des coups de poing dans le vide, Gabriel se demanda si le combat n'avait pas déjà débuté.

– Dix-neuf heures ! Je suis peut-être cinglé mais toi, t'es en retard !

– Eh bien, tu t'expliqueras avec ma copine Anna ! Apparemment, c'est nécessaire. Je sors de chez elle et elle ne te passe pas le bonjour !

Gabriel fronça les sourcils et préféra lui tendre la corde à sauter que d'entamer la discussion.

– Cinq minutes pour t'échauffer !

– J'y crois pas ! T'es resté dans sa chambre jusqu'à trois heures du matin ? Pourquoi ?

– Saute je te dis ! Je me suis endormi.

– Avec le bébé dans les bras ? Eh bien, bravo ! Je te félicite !

– Plus vite ! Je te signale que je ne l'ai pas fait tomber.

– Encore heureux !

– Plus légers, tes sauts, plus réguliers… Je lui ai fait peur apparemment.

– Peur ? Tu l'as terrorisée !

– C'est bon. On enchaîne sur trois séries de dix pompes… Elle est à cran, ta copine.

– À cran et complètement paumée ! Elle passe ses journées en pyjama avec son môme qui lui hurle dans les oreilles. Je ne sais plus quoi faire !

– Moi je sais : cinq *burpees*, deux minutes de gainage, puis tu passes au sac… Laisse faire le temps et évite de prendre des décisions à sa place.

– Eh bien justement, j'ai du mal !

– Plus hautes, les extensions ! Tout en souplesse. Enfile tes gants et on enchaîne sur trois minutes d'uppercuts… Depuis quand tu la connais ?

– Anna ?… Ça fait un bail ! On s'est connues en première année de médecine. Ne me dis pas que tu découvres son existence, depuis le temps que je t'en parle !

– Pas trop bas, tes poings, garde tes coudes collés au corps et n'oublie pas le mouvement circulaire à la fin… Je ne la voyais pas comme ça.

– Ah bon ? Tu la voyais comment ?

– Ne te relève pas quand tu frappes… Je ne sais pas.

– C'est un phénomène, hein ?

– Reste sur tes appuis, bien fléchie… Disons qu'elle

réagit au quart de tour. Elle ne voudrait pas se mettre à la boxe ?

– Euh… vu son état, je crois qu'on va attendre un peu, ajouta Marie en souriant avant de dévier son poing dans le ventre de son coach. Bon, tu mets tes gants ? J'ai bien envie de te mettre une raclée !

Contre ce poids lourd-là, le poids mouche n'avait pas froid aux yeux. Ses yeux n'allaient peut-être pas plus haut que ses pectoraux, son tour de bras avait beau faire la taille de ses poignets, son adversaire ne l'impressionnait pas le moins du monde. Surtout quand le colosse se laissait faire et parait ses coups sans broncher ! Et même s'il était avare en compliments, il trouvait que son élève progressait, qu'elle devenait rapide, adroite et serait bientôt prête pour son premier combat. Gabriel, garde basse, étudiait avec sérieux ses uppercuts entrecoupés de crochets du droit et ses coups de pied de danseuse. Hargneuse, la gynécologue ! Et il repensa à ses reproches de tout à l'heure. À cette fille qui ne lui passait pas le bonjour. Anna. Étrange qu'il ne l'ait pas croisée plus tôt. Chez Marie ou ailleurs. Brest n'était pourtant pas une si grande ville. Pour sûr, il se serait souvenu de ce visage. Ces yeux en virgule, si écartés qu'ils laissaient la place à une histoire. Ces longs cils aussi noirs que le fond de ses pupilles. Cette bouche immense qui avait envie de mordre, ce soir-là. Où pourrait-il la revoir ? Rue du Bois-d'amour. Marie avait parlé de cette adresse du centre-ville. Une petite rue en pente dans son souvenir, avec un bar au nom tout aussi poétique. Peut-être irait-il y faire un tour, lui aussi. Juste en passant, l'air de rien. S'assurer qu'elle n'ait plus peur. Plus de colère, plus de rancœur envers lui. Pourquoi était-ce si important ? Le poids mouche le surprit avec un *jab* qu'il esquiva de justesse. Quelle obstination ! Comme s'il allait la laisser gagner ! Le poids lourd se montra plus rapide et crocheta sa tête d'un coup sec contre sa poitrine en l'immobilisant.

– Bon, ça y est ? Tu n'es pas fatiguée ?

– Lâche-moi ! Je vais te battre !

– Mais oui, mais oui ! Un jour, tu y arriveras ! rétorqua-t-il de sa voix mielleuse tout en lui caressant les cheveux.

Serait-ce bien raisonnable de la revoir ? Quelle était donc l'histoire qui se cachait entre les virgules ? La véritable histoire ?

– Lâche-moi ! Lâche-moi, je te dis !

Où l'amènerait sa curiosité ? En s'approchant trop près du feu, ne risquait-il pas de se brûler les ailes ? Tout à coup, il douta et desserra son étreinte.

14

Un Breton sans beurre est un Breton qui meurt

Petit à petit, les souvenirs refaisaient surface, sans prévenir, à des moments où Anna n'était pas spécialement en train de ruminer, ni de s'apitoyer sur son sort. Comme cette brosse à dents retrouvée par hasard dans le placard de la salle de bains, ce traité de neuroanatomie coincé au milieu de ses livres de médecine sur l'étagère du salon, ou encore ce pot de confiture à l'orange amère tout au fond de l'armoire de la cuisine. Eduardo, tel le Petit Poucet, avait semé ses cailloux aux quatre coins de l'appartement, comme s'il avait eu peur de se perdre ou qu'on l'oublie à jamais. Son âme habitait chaque endroit, suintait à travers chaque mur et ces cailloux – qui renfermaient chacun une histoire – engendraient chez Anna une sensation de manque. Un manque cruel, chaque jour plus profond. Combien de temps faudrait-il ? Des mois ? Des années ? Une vie entière ? Matthieu avait raison : si elle restait à tourner en rond à la recherche de nouveaux cailloux, elle finirait par devenir folle. Folle comme à chaque fois que cette sonnette retentissait. Un « ding dong » strident et grésillant juste au moment où Andréa commençait à s'endormir. Un « dingue dong », comme son cousin s'amusait à l'appeler.

– Et si tu descendais au *Gobe-mouches* ! Là au moins, tu croiseras du monde… J'ai testé l'autre soir et le petit fauve a adoré ! Yvonne s'est même proposée comme baby-sitter !

– Yvonne ? Tu crois qu'elle pouponne aussi bien les bébés que ses piliers de comptoir ?

Surpris de ne pas essuyer un refus catégorique, Matthieu évita d'évoquer les comparaisons douteuses de la tenancière et sourit à l'adorable chihuahua qui lui faisait l'honneur de ne pas pleurer en sa présence.

– En tout cas, crois-moi, elle l'a déjà adopté ! ajouta-t-il en le plaquant contre lui en position ballon de rugby.

Il fallut plusieurs semaines à Anna pour tenter l'expérience et se rendre compte que ce bar de quartier – cet endroit intemporel – représentait une sorte de bulle de décompression. Et tous les matins, elle prit l'habitude d'y descendre prendre son petit déjeuner avant d'y retourner en fin de journée. Étrange comme cette agitation, cette constante effervescence provoquaient un effet apaisant sur elle et sur l'enfant. Comme s'ils étaient montés à l'envers tous les deux. Fallait-il du bruit pour qu'ils trouvent enfin la paix ? Qu'ils arrivent enfin à dormir ? Elle repensa à sa grand-mère, assise à la même place quelques années plus tôt. Avant d'intégrer sa maison de retraite et de retourner sur l'île de Groix, elle avait trouvé refuge au *Gobe-mouches*, elle aussi. Qu'avait-elle pu ressentir ? N'avait-elle pas, comme elle, un manque à combler ? Celui de son mari parti plus tôt ? C'était la première fois qu'Anna se posait cette question. La première fois qu'elle se mettait à sa place. La jeune femme en était persuadée : le *Gobe-mouches* constituait une sorte de pont avec le monde. Une façon de rester connecté sans prendre la peine de sortir de l'immeuble. Sans risquer de se confronter avec la dure réalité du dehors. Émouvant de réaliser qu'Yvonne, derrière son comptoir, avait vu défiler trois générations de Madec : Madeleine, Anna-Matthieu, Malo-Andréa. D'une constance à toute épreuve, cette Yvonne !

– Qui veut du gâteau breton ? brailla-t-elle en brandissant au-dessus de sa tignasse frisottante une assiette fumante et odorante. Une 'tite part de gâteauuuu !... Tradition oblige : en octobre, on mange du gâteau breton au sarrasin !

– Pourquoi en octobre ? la questionna un homme au premier rang, après avoir levé le doigt comme un écolier. J'ai l'impression d'y avoir droit tous les mois de l'année…

– Oui, mais en octobre, on se goinfre pour oublier que c'est le mois le plus triste de la terre ! C'est l'automne, l'approche de l'hiver…

– Tout ça parce que c'est ton anniversaire ! beugla son frère à travers la porte de la boucherie attenante.

– Pas du tout ! Et ne t'avise pas de révéler mon âge !... C'est le temps qui est triste, pas les années qui passent !

– Attention, Yvonne ! Tu deviens philosophe, s'amusa Anna.

Bien qu'assise dans un coin, tout au fond de la pièce, cette dernière ne manquait pas de prendre part à la conversation. Chaque jour un peu plus, d'ailleurs. La paille à la bouche, une main accrochée à son verre de jus de tomate et l'autre à la poignée du berceau, Anna retrouvait sa repartie et reprenait ainsi le cours de son existence. Comment ne pas donner raison à la tenancière ? Dehors, le jour commençait déjà à décliner. La pluie crachait sur la ville, et les passants bravaient le temps, coiffés de leurs parapluies tempête. De ceux qui résistent aux bourrasques et qui ne plient jamais. Anna vint à penser qu'un jour elle prendrait exemple sur eux. Qu'elle aussi se sentirait le courage d'affronter la tempête, sans vaciller.

– C'est moi qui vous le dis, continua Yvonne. Mieux vaut se gaver de beurre que d'antidépresseurs !

– Pas sûr que la communauté des diététiciennes soit de ton avis, intervint la buveuse de jus de tomate.

– Dis-moi quel Breton digne de ce nom est capable de suivre des conseils diététiques ! Hein ? Tu connais le dicton : « Un Breton sans beurre est un Breton qui meurt » !

– Va pour une part, alors ! déclara Anna, le sourire aux lèvres, en se levant pour aller se servir au comptoir.

C'est là qu'elle l'aperçut sur le trottoir d'en face, alors qu'il garait sa moto. Une silhouette sombre sous la pluie. Veste en cuir, survêtement noir. Pourquoi cette ombre lui disait-elle quelque chose ? La carrure de ses épaules contrastant avec sa taille fine, sa démarche chaloupée et nonchalante, ses longs bras qui balançaient le long de son corps gigantesque. Un sursaut secoua Anna lorsqu'il ôta son casque et tourna la tête pour traverser la rue. Le berceur. Que faisait-il ici ? Quand il s'approcha en portant son regard soucieux dans sa direction, le sourire de la jeune femme se figea. Qui cherchait-il ? Marie ? Elle refusa de penser qu'il était venu pour elle. Et pourtant, elle leva la main pour lui signifier sa présence. Une main tremblante et timide. De celle qui quémande une part de gâteau sans oser s'approcher.

– Avance, gourmande ! s'exclama la bistrotière.

Mais Anna resta clouée sur place, les doigts en l'air, comme suspendus. Pendant que Gabriel se concentrait sur les virgules et s'étonnait de les trouver changées. Surmontant un sourire farouche et des joues roses de chaleur humaine, elles paraissaient gênées de le voir. Gênées et hésitantes. Juste de quoi le freiner dans son élan. Qu'était-il venu faire ? Un repérage ? Et voilà qu'il tombait nez à nez sur cette fille sans qu'il ait rien préparé. Était-il vraiment prêt à pousser la porte ? À s'expliquer devant tous ces visages rivés sur lui ? Ne pouvait-il pas se contenter uniquement de la scène qui se déroulait devant lui ? Ce sourire embarrassé, cet enfant endormi près d'elle. N'était-ce pas la preuve que tout allait bien désormais ? Il s'attarda un instant sur la frange oblique qui lui barrait le front, sur ses cheveux noirs si longs qu'ils lui léchaient les hanches. Pourquoi n'en avait-il aucun souvenir ? Ces virgules. Il n'avait regardé qu'elles. Et voilà qu'elles l'interrogeaient du regard, qu'elles s'impatientaient derrière la vitre. D'une façon si troublante qu'il préféra tourner les talons.

15

Le syndrome de manque

Rapidement, Gabriel ne s'était plus contenté des permanences du jeudi. En tout cas, pas seulement. D'une nature perfectionniste et consciencieuse, il avait toujours recherché l'excellence dans tous les domaines. Alors comment ne pas s'investir pleinement dans la mission qu'Evann lui avait donnée ? Comment ne pas la mener jusqu'au bout, d'une manière exemplaire ? Il y pensait tout le temps. À ces nouveau-nés, si fragiles, si vulnérables. À ces moments où il arrivait à les faire sombrer dans le sommeil, à les faire quitter leur situation d'inconfort, à les détendre. Avec sa seule présence, sa voix, le rythme de ses bercements. C'était magique quand cela se produisait. Pourquoi n'arrivait-il pas à s'enlever de la tête qu'il était devenu indispensable ? Que ces petits êtres avaient besoin de lui en permanence ? Jusqu'à se culpabiliser les week-ends où il ne mettait pas les pieds à l'hôpital. Était-ce pour cette raison qu'il avait tardé à s'investir dans l'association ? Parce qu'il avait prédit sa réaction ? Son inaptitude à prendre du recul ? Sans doute Evann apprenait-il à le faire dans ses études de médecine. Mais lui ? Était-il vraiment paré à cela ? Dix jours maintenant qu'il venait tous les soirs s'occuper de Ludwig. Comme la plupart de ses petits protégés, l'enfant était né prématurément. À peine deux kilos tout habillé, les joues creuses et pas un seul cheveu sur le caillou. La première fois, Gabriel l'avait trouvé allongé dans son berceau, le souffle saccadé, le corps raide, mû par d'étranges tremblements. Le berceur avait tout de suite pensé aux crises d'épilepsie de son frère : ses secousses qui rigidifiaient et contorsionnaient son corps. Et quand il s'était précipité pour alerter l'infirmière, celle-ci était restée étrangement calme et sereine :

– Ludwig est dans cet état depuis qu'il est né… Le syndrome de manque, tu connais ?

– Le syndrome de manque ?

Malgré lui, Gabriel venait d'en savoir plus sur le dossier de l'enfant. Plus que ne l'autorisait sa fonction. Ludwig, dans le ventre de sa mère, était devenu accro comme elle à l'héroïne et sa naissance l'avait plongé dans une période douloureuse de sevrage. Et à en croire la femme en rose, cela pouvait durer quelques jours encore.

– Cette situation le rend nerveux, difficile à satisfaire. Et la séparation avec sa mère n'arrange rien… Ne t'étonne pas si tu n'arrives pas à le calmer.

Échouer ? Gabriel n'échouait jamais. C'était mal le connaître. Et cette histoire ne faisait que renforcer son sentiment d'obligation, de devoir, envers l'enfant. S'il ne se rendait pas à son chevet, qui d'autre passerait ses soirées à l'apaiser ? Les infirmières n'étaient pas assez nombreuses pour lui octroyer tout ce temps. Ainsi chaque soir, le berceur installait la grenouille tremblotante à plat ventre sur son avant-bras, glissait son index magique entre ses omoplates puis remontait au niveau de sa nuque, le lobe de ses oreilles, ses tempes pour finir son chemin sur son front plissé. Des spirales croissantes, à peine appuyées. Et même si Ludwig luttait, l'instant magique finissait toujours par se produire, sa bouche par s'entrouvrir, ses bras par se relâcher et pendre de chaque côté de la branche. Ce soir-là, le petit paresseux avait résisté moins longtemps que les jours précédents. Une heure tout au plus. La phase de sevrage touchait-elle à sa fin ? Gabriel l'espérait. Il pensa à sa mère, sans doute dans le même état. Comment allait-elle ? Seraitelle un jour capable de s'en occuper ? Il s'apprêtait à quitter son fauteuil quand deux nattes grises, dressées comme deux cornes, pointèrent à travers la porte :

– Coucou Gaby !

Fifi Brindacier, nageant dans le tee-shirt bleu de l'association, lui décocha un sourire radieux. Gabriel eut un mouvement de recul en la voyant. Giagiá était telle qu'elle lui était apparue la première fois. Même coiffure, mêmes habits, même malice dans le regard. Troublant comme, dans cette tenue, elle était capable de gommer les marques du temps. Il aurait été bien incapable de lui donner un âge.

– Je te rappelle qu'on dîne ensemble, ce soir ! Je suis venue moi-même te chercher de peur que tu te défiles à nouveau !

Gabriel posa son index sur sa bouche pour lui signifier de parler moins fort.

– Quelle heure est-il ? Vingt heures, déjà ? Désolé, je n'avais pas vu le temps passer ! *Giagiá se pencha sur l'enfant et roucoula comme une pigeonne au-dessus de son nid.* Chut ! Tu vas le réveiller.

– Rrrou… Rrrou… Les filles du service m'ont dit que tu venais tous les soirs ! C'est vrai ?

– C'est l'histoire de quelques jours, ajouta-t-il en reposant Ludwig dans son berceau. Juste le temps qu'il aille mieux.

– Et quand ce ne sera plus lui, ce sera un autre… Si tu ne prends pas un peu de distance, tu…

– Chut ! la coupa-t-il en l'entraînant vers la porte, avant d'ajouter plus calmement, en passant une main derrière son dos : prendre un peu de distance, tu disais ? Rappelle-moi… J'ai peur d'avoir la mémoire courte : n'est-ce pas ce que tu as fait avec Evann et moi ?

– Enfin, Gaby ! *Sa voix s'enroua.* Vous deux, c'était différent !

Une fois sur le parking, lorsque Giagiá insista pour qu'il la ramène en moto, Gabriel fit la grimace :

– Tes nattes ne rentreront jamais dans le casque !

Et Fifi Brindacier de plaquer ses mains sur le sommet de son crâne.

– Si, elles sont élastiques. Regarde !

Pas question de rater une occasion de se faire promener, d'éprouver cette sensation exquise du corps qui tangue dans les virages sur le point de tomber, puis se redresse in extremis. La tête collée au dos de Gabriel, ses mains cramponnées à sa taille, Giagiá aurait pu faire le tour du monde ! Et pourtant ce soir-là, durant ces quelques kilomètres qui les séparaient de Plougastel-Daoulas, elle n'arrivait pas à se détendre. Le vent froid avait beau lui piquer les yeux, lui pincer les mollets, son esprit n'était pas au voyage. Il était resté figé dans cette salle de jeux du service de pédiatrie, vingt ans auparavant. Pourquoi Gabriel venait-il de faire allusion au passé ? À sa propre histoire ? Il n'avait tout de même pas en tête de la reproduire ? Peut-être aurait-il fallu qu'elle insiste… Les missions de l'association, l'importance de rester neutre, ne pas trop s'attacher aux enfants, ne pas chercher à savoir ce qui leur est arrivé. Comment le lui enseigner, alors qu'elle avait fait tout le contraire ? Elle se mordit les lèvres et ferma les yeux quand il accéléra.

Depuis leur première rencontre, Angèle s'était rendue tous les jours à l'hôpital. La bénévole arrivait de plus en plus tôt, repartait de plus en plus tard, la boule au ventre, avec l'angoisse croissante de se séparer d'eux, de les abandonner. Hubert, au début, ne s'en était pas inquiété. Encore une lubie passagère de sa femme !

– Dans la vie, certaines choses sont écrites, racontait-elle avec un sérieux assez inhabituel. Des destins se croisent et se lient. Ce n'est pas une histoire de choix, d'envie, de caprice… Non, c'est autre chose : une nécessité ! Tu comprends ?

À mesure que le cadet s'attachait à elle, la réclamait à cor et à cri, l'aîné, lui, persistait à garder le silence, prostré sur le canapé. À la regarder jouer à la dînette avec son frère, à analyser chacun de ses gestes, chaque modulation de sa voix. Avait-elle surpris une conversation dans le couloir ou avait-elle écouté aux portes ? Peu importe, Angèle se devait de percer le mystère pour mieux les comprendre. Mieux les appréhender. Et quand elle avait su, même si elle l'avait pressenti, son cœur avait raté un battement. De quelles horreurs ces enfants avaient-ils été témoins ? Quels combats avaient-ils déjà menés ? Le juge venait de lancer une procédure d'urgence pour les confier au service d'aide sociale à l'enfance, et Angèle avait intimé à son mari de s'en mêler :

– Hubert, leur mère est morte sous leurs yeux, rouée de coups. Tu entends ? Quand on les a retrouvés quelques heures après le drame, le petit gisait encore inconscient avec une vilaine blessure à la tête, et le grand était sous le choc avec une plaie béante au niveau de l'abdomen. Des monstres pareils, comment ça peut exister ? Fais quelque chose, Hubert !

C'était autant au mari qu'à l'avocat qu'elle parlait. Avec une telle véhémence, une telle ardeur que – cette fois – Hubert l'avait prise au sérieux. Et quand il avait voulu les rencontrer à son tour, sa carapace d'homme inébranlable et impassible s'était fissurée. Très vite, il avait pu mesurer les propos de sa femme. Cette nécessité et cette urgence dont elle avait parlé. Et même si leur parcours avait été long, semé d'embûches, le couple n'avait rien lâché : formalités pour devenir famille d'accueil puis tiers dignes de confiance, demande de retrait de l'autorité parentale au père emprisonné, constitution d'un conseil de famille avec le préfet et enfin lente et sinueuse procédure d'adoption. Angèle, hermétique aux rouages juridiques, s'était reposée sur Hubert et laissé porter. Guidée par l'amour sincère et indéfectible qu'elle éprouvait pour ces enfants. Et au bout de plusieurs années, du haut de leurs cinquante-cinq ans, ils étaient devenus parents. Pas vraiment papa et maman. Comme si leur âge et ce passé douloureux ne le leur permettaient pas. Mais plutôt Giagiá et Papouss : Grand-mère et Grand-père en grec. Une idée en lien avec les origines d'Hubert, leur attachement à la culture hellénique, leur petite maison dans les Cyclades et la langue qu'ils pratiquaient parfois entre eux pour le plaisir.

La moto décéléra après le pont de l'Élorn en prenant à droite sur la route de Keralliou. La maison familiale, qui ressemblait plus à une bâtisse méditerranéenne que bretonne, avec ses volets bleus, son revêtement à la chaux et son toit de tuiles, n'était plus qu'à une centaine de mètres, près du port et de ses viviers. Les motards eurent bientôt vue sur la rade de Brest, avec au loin les lumières de la ville et l'ombre des grues du port qui se détachaient. Gabriel déplia sa béquille et immobilisa sa bécane dans l'allée de graviers, près du muret où couraient les troncs sinueux de la glycine. Face à lui, les nattes de sa passagère pendaient comme deux oreilles de cocker avec la même expression dans le regard : triste et penaude.

– Que se passe-t-il, Giagiá ? Tu pleures ?… J'ai été trop vite ?

Et elle de balayer ses larmes d'un revers de manche :

– Non… C'est le vent, Gaby ! C'est le vent.

16

Si tu prends le monde comme il vient, il te prendra doucement

Le mois d'octobre touchait à sa fin quand Anna avait commencé à s'intéresser au monde extérieur. Extérieur à l'immeuble, à son microcosme, à sa zone de confort. Était-ce la tonne de beurre qu'Yvonne avait mise dans son gâteau qui lui en avait donné le courage ? Ou simplement le temps qui passe et qui atténue la douleur ? Comme au sortir d'une longue hibernation, la jeune femme s'était demandé ce qui avait bien pu changer autour d'elle. Il y aurait eu un tremblement de terre à Brest, un tsunami, qu'elle ne s'en serait pas rendu compte. Mais étrangement, tout était resté à sa place, sans aucune trace du drame qui l'avait secouée. Sans aucune empreinte d'Eduardo. Pourtant Anna avait cherché. Déambulé des heures durant, son appareil photo en bandoulière, comme au bon vieux temps. Avec comme seule différence : un landau qui la devançait. Un landau avec de grands yeux ouverts sur le ciel ou des paupières closes sur les rêves, qui semblaient apprécier la promenade sans jamais pleurer. Et même si la photographe n'avait pas l'entrain ni le cœur à prendre un seul cliché, elle s'intéressait à tout : les graffitis qui faisaient parler les murs, les grands-mères curieuses aux fenêtres, les chiens reniflant les trottoirs. Quelquefois, elle poussait même l'aventure jusqu'à prendre le bus direction le port du Moulin-Blanc pour le simple reflet des bouées entre les bateaux, triste collier de perles posé sur l'eau, pour le profil inquiet et avide d'un goéland ou la recherche d'un fil d'or surlignant l'horizon. Autant d'images qui la rassuraient, l'apaisaient et lui prouvaient que la vie continuait. Que sa zone de confort pouvait être plus vaste encore.

Et ce jour-là, Anna s'était risquée à aller plus loin. Plus loin, mais au cœur de sa vie d'avant : l'hôpital de la Cavale-Blanche. N'était-ce pas là qu'elle passait le plus clair de son temps ? Dans les couloirs de son service, au bloc opératoire ou encore à l'internat ? Assise au fond du bar du *Gobe-mouches*, l'interne soucieuse se demandait justement si elle avait bien fait d'y retourner. Avait-elle mesuré les conséquences d'une simple visite ? Les chamboulements que cela provoquerait chez elle ? Alors qu'Andréa s'endormait tout doucement sur ses genoux, la bouche ventousée au biberon, la jeune femme se repassait le film de l'après-midi, les yeux perdus dans le vide. Leur arrivée remarquée dans le service de chirurgie viscérale. Les gloussements de surprise des infirmières, aides-soignantes et internes. La ronde de nuques autour du landau. Les regards attendris posés sur lui et compatissants posés sur elle. Pas une seule seconde, Anna n'avait cherché à faire une présentation officielle du bébé, à se retrouver au centre de l'attention. En venant ici, l'interne s'était imaginé se fondre dans la masse et retrouver son statut tout simplement : s'enquérir des derniers cas opérés, des potins du service et des caprices du patron… Pas un accueil aussi théâtral ! Qui la mettait de côté, sur un piédestal, et qui symbolisait la rupture. Anna pestait sur sa chaise et réalisait que ce qui l'enrageait le plus, c'était que le service puisse tourner sans elle. Qu'on puisse se passer d'elle aussi simplement. Anna, la présidente des internes, la future assistante chef de clinique, la préférée du patron. L'avait-on oubliée si facilement ? Rayée de la carte ? Pas question de se laisser faire ! La chirurgienne en était maintenant persuadée : elle avait bien fait de revenir. Cette visite lui avait donné la rage. La rage de retrouver la femme ambitieuse et puissante qu'elle avait été. Et à l'instant où Andréa lâchait sa tétine dans un soupir accompli, sa mère plissait les yeux en réfléchissant déjà au plan d'action qu'elle allait devoir suivre.

Négociation de reprise avec la faculté de médecine et son chef de service. Recherche d'un mode de garde pour Andréa. Séances chez le coiffeur, manucure, esthéticienne. Renouvellement de garde-robe. Couleurs, maquillage. Ravalement de façade. Fini le noir. Finies les conneries !

Une guerrière si concentrée qu'elle ne remarqua pas son amie Marie-Lou pousser gaiement la porte du *Gobe-mouches*, son petit Malo dans les bras, puis lever la main dans sa direction.

Jambes écartées, le bassin en balancier, le nourrisson de dix-huit mois chaloupait entre les tables à la recherche de son équilibre tout en distribuant fièrement les sous-bocks de bière qu'Yvonne lui avait donnés. Marie-Lou le suivait des yeux, à la fois attendrie et anxieuse qu'il puisse tomber la tête la première sur le carrelage ou s'érafler le front sur un coin de table.

– Attention ! Non, ne touche pas à ça ! grimaçait-elle toutes les trois secondes en portant les mains à sa bouche.

Pas de doute, cet enfant était bien le fils de Matthieu ! Aussi remuant et borné ! Et à chaque intervention de sa mère, Anna levait les yeux au ciel. Pourquoi s'évertuait-elle à raconter sa visite du service, alors que son amie ne l'écoutait pas ? Que fallait-il inventer pour attirer son attention ? Un éléphant rose sur un brancard ? Des infirmières en porte-jarretelles ? Un patron en slip de cuir avec un fouet ? Discuter avec Marie-Lou en présence de Malo revenait à devenir bègue en face d'une sourde. Une sourde névrosée, rongée par l'angoisse ! Anna arriverait-elle un jour à terminer sa phrase ?

– Reprendre l'internat ? Là, maintenant ? la coupa Marie-Lou. Rassure-moi, tu n'y penses quand même pas ?

La mère poule venait de plaquer son enfant sur ses genoux, alors qu'il continuait à pédaler dans le vide et pointait sur Anna son air contrarié et surpris à la fois.

– Et pourquoi pas ? J'arrive à la fin de mon congé maternité.

– Peut-être… Mais vu ta situation, ça me semble bien trop tôt ! Andréa ne fait pas encore ses nuits et toi…

– Moi ?

– Tu te remets tout juste…

La mère modèle s'appliqua à sortir des feuilles et des crayons de couleur de son sac pour calmer le fugueur et ne chercha pas à finir sa phrase. Qu'entendait-elle par là ? Se remettre de quoi ? De l'accouchement ? De la mort d'Eduardo ? Qu'avaient-ils tous à se mêler de sa vie ? Peut-être aurait-il mieux valu que Marie-Lou soit sourde plutôt que de lui sortir des bêtises pareilles !

– Tout va bien, merci ! pesta Anna en repositionnant Andréa dans son landau. J'ai besoin de retrouver ma vie d'avant, de me sentir utile ! Tu comprends ?

Mais les sourcils froncés tournés vers elle lui indiquèrent le contraire.

– Anna, enfin ! Ne brusque pas les choses ! Tu sais ce que m'a dit un patient aujourd'hui ? Je venais de lui annoncer qu'il devrait rester un peu plus longtemps à l'hôpital, que la récupération risquait d'être un peu plus longue que prévu. Je m'attendais à ce qu'il fasse la grimace ; mais non, il m'a souri. On aurait dit qu'il était déçu pour moi. Étonnant, non ?

– Étonnant, mais je ne vois pas le rapport avec moi !

– Si, justement. À ce moment, il m'a sorti un proverbe breton plein de sagesse : « Si tu prends le monde comme il vient, il te prendra doucement. » Exactement ce que je cherche à te dire depuis tout à l'heure sans arriver à trouver les mots !

– Que je prenne le monde comme il vient ? Je rêve ! Vu le sale coup qu'il vient de me jouer, je n'ai pas envie d'attendre patiemment qu'il s'acharne de nouveau ! Quand arrêterez-vous de penser à ma place ? On est tous différents ! Je ne suis pas comme toi ! La femme parfaite. La mère parfaite. La copine parfaite. Jamais un mot plus haut que l'autre, jamais jalouse, jamais fatiguée, jamais moche. J'en ai marre ! Pour une fois, pète de travers, roule-toi par terre et envoie-moi balader ! Engueule-moi, à la fin !

– Un problème, cousine ?

Matthieu venait de faire irruption dans le bar et les dévisagea toutes les deux d'un air moqueur. Son fils, qui se débattait et ondulait comme une anguille pour échapper à l'étreinte de sa mère, tendit les bras vers lui en pleurnichant. Marie-Lou, ainsi soulagée du petit tyran, gardait les yeux baissés, mal à l'aise. Pourquoi ne s'était-elle pas rendu compte qu'elle avait fait du mal à son amie ? Qu'en voulant l'aider, elle venait de la blesser plus qu'autre chose ? Elle aurait dû le savoir pourtant. Depuis quand les Madec appréciaient-ils les conseils ? Ne l'avait-elle pas déjà compris avec Matthieu ? De fieffés têtus de Bretons, ces Madec ! Si fiers et courageux qu'ils préféraient affronter les difficultés que chercher à les contourner. Marie-Lou repensait aux reproches de son amie et rougissait de honte d'avoir, une seule seconde, renvoyé cette image de perfection. Anna avait-elle oublié qu'elle aussi avait eu des moments de doute ? De fatigue ? De chagrin d'amour ? Avait-elle oublié leurs soirées à se tourmenter sur leur sort ? À se gaver de bonbons et d'After Eight ? Ses raisons lui paraissaient bien futiles par rapport à celles d'Anna aujourd'hui. Mesurait-elle au moins sa chance ? Celle d'avoir pu fonder une famille ? Les trois M, comme elle les appelait : Marie-Lou, Matthieu et Malo. Unis et tellement plus forts ensemble. Tellement plus heureux. Comment lui avait-elle fait l'affront de penser à sa place ? De pouvoir comprendre son chagrin ? Marie-Lou, le visage blême et coupable, approcha sa main pour couvrir celle de son amie.

– Anna me disait juste qu'elle allait reprendre l'internat, déclara-t-elle à Matthieu, la gorge nouée. Je n'ai pas eu le temps de lui dire que j'étais fière d'elle. Que c'était une battante ! Si belle et intelligente ! Que ces derniers mois, elle m'avait terriblement manqué. Et que j'étais contente de la retrouver.

Des larmes perlèrent au coin de ses yeux – pas uniquement des siens d'ailleurs – et Matthieu arqua un sourcil, visiblement étonné de la tournure que prenait la conversation.

– Eh bien ! Roulez-vous des pelles tant que vous y êtes !… Hein, Yvonne ?

– Ha ha ha ! Bien sûr ! C'est ça, une famille unie ! Allez ! C'est ma tournée !

Il était de tradition ici de prendre à partie la tenancière quand on sortait une blague ou décidait d'être vulgaire. Et elle surenchérissait toujours ! Au *Gobe-mouches*, depuis des générations, on prenait le monde comme il venait. Dans la joie et la bonne humeur, en levant le verre pour trinquer. Mais, dixit Yvonne : « S'il voulait nous prendre doucement, il n'avait pas intérêt à nous emmerder ! »

17
Le baiser esquimau

Anna hésita avant de pousser la porte et vérifia une dernière fois l'adresse qui lui avait été donnée. Ce hangar vétuste longeant le port du Château n'était pas un immeuble d'habitation comme les autres. Seules les huisseries récentes en aluminium noir indiquaient qu'il avait été réhabilité. En levant la tête, elle aperçut l'immense baie vitrée qui perçait la façade et elle imagina la vue imprenable sur la rade de Brest et les remparts de la ville qu'il devait y avoir là-haut. La jeune femme demeurait hésitante devant l'unique bouton de l'interphone. Le logo au-dessus de l'entrée – un mélange de chiffres et de lettres – ne l'informait pas vraiment sur l'entreprise en question. Comment devait-elle se présenter ? Et qui demander exactement ? Quel était son véritable nom de famille ? La nature de son poste ? Peut-être ne travaillait-il pas aujourd'hui ? Et si elle le dérangeait en pleine réunion ? Étrange que Marie lui ait transmis l'adresse de son travail plutôt que celle de son domicile. Et voilà qu'Andréa se mettait à brailler et à s'agiter dans tous les sens devant l'immobilité du landau ;

qu'Anna, découragée, s'apprêtait à rebrousser chemin lorsqu'un employé franchit la porte. Une sorte de hipster mais en plus négligé : tee-shirt débraillé, barbe fournie et coupe hirsute savamment contrôlée. L'homme porta nonchalamment sa cigarette roulée au coin de sa bouche avant de lui proposer son aide :

– Tu cherches ?

– Euh, Gabriel ? Vous… le connaissez ?

– Le boss ? Un bail que j'le connais ! Tu as le code pour ouvrir ?

– Non.

– Alors, je vais t'accompagner. C'est secret-défense ici !

« Le boss, secret-défense », répéta-t-elle tout bas une fois à l'intérieur en arrondissant les yeux. Voilà autre chose ! Pourquoi n'avait-elle pas pris le temps d'interroger Marie sur l'identité exacte de son ami d'enfance ? Manifestement, cet homme collait à cet endroit. Aussi étonnant qu'intrigant. À croire qu'il vivait en communauté ! Une communauté de geeks branchés, berceurs à leurs heures perdues. Anna n'osait pas avancer. Où garer son convoi à roulettes suintant de pluie et de boue ? Et Andréa ? Pourquoi n'y mettait-il pas du sien ? Une fois libéré de sa couchette, le voilà qui criait plus fort encore et cambrait son dos par à-coups en projetant sa lourde tête en arrière.

Ce fut donc un duo détonant qui débarqua dans l'open space en cette fin d'après-midi : un petit fauve hurlant, monté sur ressort, qu'encerclaient avec peine les bras d'une jolie Esquimaude. Capuche bordée de fourrure, grand manteau en laine bouillie, bottes en peau de mouton. Seuls deux yeux perçaient au milieu des vêtements et balayaient l'espace d'un air perdu. Deux virgules que Gabriel n'eut aucun mal à reconnaître. Debout au milieu de la pièce, dossier sous le bras, sweat ouvert, pantalon large lui tombant sur les hanches, le boss la regardait avancer sans quitter son sérieux. Sans non plus prêter attention au collègue, assis en face de lui, qui continuait à lui parler :

– Tu vois, si un intrus se présente dans la seconde zone, l'aide à la décision donnera une préconisation de riposte à l'équipage.

– Un intrus… Hum, hum…

– Elle pourra ainsi avoir recours à des avertissements sonores et visuels, à des tirs de semonce ou enfin à des tirs de neutralisation… Un système qui pourra même être activé en mode automatique, si on veut…

– Hum, hum, acquiesça-t-il en plissant les yeux.

L'Esquimaude venait d'abaisser sa capuche et de libérer ses cheveux longs et soyeux de chaque côté de ses épaules en courbant légèrement la tête. Tous les regards étaient rivés sur elle. Et pas seulement à cause des cris. Des cris qui ressemblaient à des miaulements de chat en colère, qui résonnaient dans l'open space que les fines parois de verre ne parvenaient pas à étouffer.

– En mode automatique, répéta-t-il tout bas en déglutissant.

Qu'avait-elle de différent ? Un maquillage discret qui

surlignait son regard. Des virgules qui – en caractères gras – paraissaient plus grandes encore.

– Bonjour, Gabriel. Je suis venue te rendre ton écharpe.

Il tendit machinalement la main vers elle pour attraper le vêtement. Comment saluait-on une Esquimaude ? se surprit-il à penser. En se frottant le bout du nez ? Alors qu'il se penchait pour effleurer sa joue, il recula d'un bond – comme s'il venait de s'électrocuter – et lui serra la main en baissant le regard.

– Tu me reconnais ? s'inquiéta-t-elle.

Sa gêne de la voir ici. Sa froideur. Voilà qu'elle regrettait d'avoir fait irruption de cette manière. Devant tout le monde. Comment aurait-elle pu savoir que le boss serait au centre de toutes les attentions ?

– Montez, je vous rejoins, finit-il par murmurer avec gravité. Mon frère Evann va vous accueillir… J'ai encore deux-trois choses à régler.

– Deux-trois missiles à larguer, c'est ça ?

Sa repartie l'amusa, mais il n'en fit rien paraître.

– Le jeu touché-coulé, vous connaissez ?… Eh bien, c'est un peu pareil. Sauf qu'on essaie en permanence d'inventer de nouvelles règles, d'améliorer nos stratégies en créant des robots pour nous assister.

– Vous jouez à la guerre ?

Et la dizaine de guerriers virtuels autour d'elle approuvèrent d'un signe de tête.

En montant les escaliers quatre à quatre, Gabriel grimaça en jetant un coup d'œil à sa montre. Une demiheure. Comment avait-il pu les faire attendre aussi longtemps ? Au travail, il n'avait plus aucune notion du temps, comme si les minutes défilaient au rythme des secondes. Mais peut-être avait-il inconsciemment cherché à faire taire les sourires en coin, les regards pleins de sous-entendus. Il fut surpris de ne percevoir aucun cri. Juste le son envoûtant de la trompette d'Evann. Une mélodie étrangement familière qui – intérieurement – lui faisait pousser la chansonnette.

Dodo ti pitit' maman
Dodo ti pitit' maman
Si li pas dodo crab'la va manger
Si li pas dodo crab'la va manger

Gabriel se figea à l'entrée de la pièce sans parvenir à aller plus loin. Depuis combien de temps n'avait-il pas entendu cet air-là ? Cette berceuse créole était la leur. À tous les deux. Elle avait beau être toute simple, quatre ou cinq notes tout au plus, cela suffisait à mettre tous ses sens en éveil, à dresser les poils sur sa peau, à faire affluer les souvenirs. Comme un shoot sous l'emprise d'une drogue. Comment ne pas s'attendrir devant la scène qui se déroulait sous ses yeux ? Le bébé, installé confortablement entre les coussins du fauteuil, ne pipait mot et ouvrait de grands yeux ébahis en direction du musicien. Celui dont les joues se gonflaient et se creusaient comme un soufflet. Un soufflet capable de calmer les pleurs et d'hypnotiser un enfant. Et sa mère ? Où se trouvait-elle ? S'était-elle endormie sur le canapé ? Ou s'était-elle enfuie par la porte de derrière ? Un petit mouvement de cornet dans sa direction lui indiqua que le trompettiste venait de remarquer sa présence.

– T'as vu comme il aime ça ? déclara-t-il fièrement en s'interrompant. Il s'est tout de suite arrêté de pleurer !

– Cette chanson… je ne savais pas que tu avais appris à la jouer.

– Elle m'est revenue comme ça… Le môme braillait tellement fort que j'ai voulu faire plus de bruit que lui ! Jamais je n'aurais pensé que ça marcherait aussi vite. Deux-trois notes ont suffi, je te jure !

– Et Anna ?

– Elle revient dans une heure… Un rendez-vous de travail. J'hallucine que tu la connaisses ! Le monde est petit, ma parole ! T'aurais quand même pu me prévenir que ma chef allait débarquer dans mon salon ! Un peu plus, j'étais à poil !

– Ta chef ?

– J'étais externe dans son service, l'année dernière ! Je ne t'en ai jamais parlé ? Ça m'étonne ! Anna est une des meilleures amies de Marie, alors j'ai eu un traitement de faveur. Je me suis arrangé pour être de garde les mêmes jours qu'elle, et forcément, elle m'a appris plein de choses !

– Forcément.

– J'ai même tenu les écarteurs sur une appendicite ! Pas mal, non ?

– Si je comprends bien, j'ai été le dernier à la connaître, bredouilla Gabriel d'un air boudeur.

– Vraiment épatante, cette fille ! Épatante et terriblement sexy ! Je crois bien que j'ai marqué des points avec ma trompette ! se vanta-t-il tout en dansant sur place et en rejouant quelques notes. Finalement, je regrette presque de ne pas avoir été à poil !

– Evann ! Ce n'est vraiment pas drôle !… Devant le petit, en plus !

– Je blague ! T'en fais pas, à trois mois, je ne suis pas sûr qu'il comprenne ! T'as vu comment il me regarde ? Ce petit est fan de moi !

Et quand Gabriel souleva le petit fan en question, comme s'il s'emparait d'un trésor, celui-ci s'agrippa à son avant-bras. On aurait dit que son corps l'avait gardé en mémoire. Un corps qui avait grandi mais qui tenait encore sur sa branche. Celle qui ne pliait jamais, constante et rassurante, et qui se balançait doucement comme si elle était balayée par le vent.

18

Dodo ti pitit' maman

Gabriel n'irait pas à l'hôpital ce soir. Sa permanence se déroulerait chez lui, au milieu du salon, face aux mâts des voiliers du port du Château éclairés par la lune. Et cette perspective n'était pas pour lui déplaire. Parti précipitamment sans lui dire au revoir, son premier contact avec le petit Andréa lui avait laissé un goût d'inachevé. Incroyable comme il avait grandi ! En à peine trois mois ! Ses cheveux noirs formaient à présent une touffe épaisse sur le dessus de son crâne pour s'effacer complètement sur l'arrière, telle une tonsure de moine. Alors que sa peau plissée s'était tendue sur deux joues bien rondes, ses yeux, eux, n'avaient pas changé : aussi sombres, gigantesques. Aussi curieux. Gabriel se mit à lui parler d'homme à homme, comme s'il attendait à tout moment une réponse de sa part :

– Alors ? Quoi de neuf ? C'est gentil de venir me voir ! T'as perdu ta voix ? Tu ne brailles plus comme l'autre jour ? Ça a l'air d'aller pour toi, ça fait plaisir ! T'es tombé dans la marmite de potion magique, dis-moi ? Regarde-moi ces biceps ! T'es costaud ! Quand tu seras plus grand, je t'apprendrai à boxer. Avec des bras pareils, tu feras un parfait puncheur ! Et si tu mates ton adversaire comme tu me regardes en ce moment, tu vas le mettre K.-O. direct !

À plat ventre sur son avant-bras, la joue posée dans le creux de sa main, Andréa ne le quittait pas du regard.

– Je t'offrirais bien quelque chose à boire, mais je ne crois pas avoir de lait premier âge. C'est dommage, avec Giagiá qui s'amuse à remplir mes placards, j'ai un paquet de trucs qui ne servent à rien, mais pas ça !… *L'enfant soupira comme s'il avait compris, ce qui fit sourire Gabriel.* Dis-moi, tu restes combien de temps ici ? Quelle preuve de confiance me fait ta mère aujourd'hui ! Je n'en reviens pas ! Quel retournement de situation ! Tu sais où elle court comme ça ? À l'hôpital ? Une mère chirurgienne, c'est la classe !

Bien calé dans le fauteuil à bascule, le berceur s'assura qu'Evann n'était plus dans les parages avant de commencer à fredonner. Doucement, lentement, comme s'il avait peur de buter sur les mots. Cette mélodie aurait-elle le même effet sur l'enfant que tout à l'heure ? Aurait-elle le même effet sur lui ?

Dodo pitit' crablan calalou
Dodo pitit' crablan calalou

Petit à petit, le phrasé fut plus fluide, le timbre plus fort. Alors que la douce rengaine vibrait entre ses lèvres, que les muscles du petit paresseux commençaient à se relâcher,

Gabriel se surprit à ressentir la même chose. Ses jambes se mirent à flotter dans l'air et son corps à planer au-dessus du fauteuil. Depuis combien de temps ne s'était-il pas senti aussi bien ? Il ferma les yeux et pensa à sa mère. À sa voix plus aiguë, plus douce aussi. À son accent chaud et ensoleillé qu'il tentait malgré lui de reproduire. À cette femme à la couleur d'ébène dont seules quelques bribes de souvenirs subsistaient aujourd'hui. À celle qui l'avait bercé à un âge où le crabe ne sévissait pas encore. Considéré comme étranger au sein de sa propre famille, le sous-marinier restait durant de longs mois emprisonné sous la mer dans son vaisseau de fer. Et lorsqu'il avait pris sa retraite, avant même d'avoir quarante ans, qu'il était sorti de l'eau définitivement, le crabe les avait rattrapés. Furieux, il avait refermé ses pinces sur eux puis mangé la pitit' maman. Celle qui avait fe'mé les yeux pou' toujou'.

Dodo ti pitit' maman
Si li pas dodo crab'la va manger

Pas étonnant qu'Evann ait su retrouver cette musique aussi facilement. Cette berceuse créole était ancrée dans leur chair. Elle les avait aidés à grandir, à guérir. À l'image de ce souvenir dans cette salle de jeux de l'hôpital Morvan, où cette femme à nattes, au tee-shirt trop grand, l'avait chantée pour eux. Gabriel n'avait jamais vu quelqu'un sourire autant. Était-ce un jeu ? Peut-être était-elle née comme ça… Avec du scotch au coin des lèvres. Ou bien était-ce une sorcière déguisée en fée ? Comme la vilaine belle-mère de Blanche-Neige. Si elle croyait qu'elle allait les amadouer avec son vulgaire *« Au clair de la lune, mon ami Pierrot »…*

– Pas cette chanson ! avait-il crié pour la faire taire.

– Comment ?

– Maman… C'est pas ça qu'elle chantait !

– Ah bon ? Alors, dis-moi… C'était laquelle ? Je pourrais peut-être l'apprendre.

L'enfant avait repris la même position boudeuse : le menton dans son cou, ses poings fermés sur ses genoux. Et Madame Sourire avait dû patienter quelques jours encore pour qu'il daigne s'approcher. Evann pleurnichait sur ses genoux, son lapin en peluche sur le nez, quand son frère s'était avancé pour lui chuchoter à l'oreille :

Dodo ti pitit' maman
Si li pas dodo crab'la va manger

Et comme s'il venait de prononcer une formule magique, le petit garçon avait instantanément arrêté de pleurer et des étoiles avaient scintillé dans ses yeux. Angèle, submergée par l'émotion, n'avait pas réussi à contenir ses larmes : la surprise, les paroles, la beauté de sa voix aussi. Gabriel avait dévisagé la pleureuse et, étrangement, s'était senti rassuré. N'était-ce pas bien connu que les sorcières ne pleuraient jamais ? Et si Madame Sourire était sincère ? Ne fallait-il pas lui laisser sa chance ? Il l'avait écoutée poursuivre la berceuse de sa voix maladroite et enrouée, puis à son tour, il avait franchi le pas et grimpé sur ses genoux.

– Regardez comme ce mec est doué !

Gabriel sursauta dans son fauteuil avant d'apercevoir son frère, dans l'entrée, entouré de deux femmes. Une grande Esquimaude et une autre aux cheveux châtains, poids mouche de son état. Pourquoi Anna et Marie l'observaient-elles d'un drôle d'air ? Avec leurs yeux en demi-lune et leurs bouches arrondies qui gobaient les mouches, on aurait dit deux petites filles nez à nez avec un chaton. Un petit chaton tout mignon en train de jouer avec une pelote de laine. Était-ce Andréa perché sur son bras qui leur faisait cet effet ?

– Gaby endormirait n'importe qui ! poursuivit Marie avec fierté. Faut vraiment que je pense à t'engager pour anesthésier mon chef de service ! Ça me ferait des vacances !

– Chut ! Parle moins fort !

La chouette commença à sautiller sur place, les poings dressés au niveau du visage.

– Rends-le vite à sa mère, que tu me montres ce que tu as dans le ventre !… C'est pas tout ça, mais j'ai besoin que tu m'entraînes ! J'ai un combat à gagner, je te rappelle. Toi aussi, d'ailleurs.

– C'est déjà ce week-end, le gala ? la questionna Anna tout en s'avançant vers le berceur.

– J'en ai bien peur ! Viens nous voir si tu veux faire

une bonne action ! Il va y avoir du spectacle ! Crois-moi, tu en auras pour ton argent ! Gaby va se faire ratatiner la tronche par un sumo pendant que moi, comme d'hab', je serai la reine du ring !

– La reine du string ? pouffa Evann.

Et le poids mouche de lui flanquer une droite amicale sur l'épaule.

– Aïe !

– Laisse-la rêver, s'amusa Gabriel en levant délicatement son bras pour rendre le petit paresseux à sa mère.

– Merci, bredouilla-t-elle timidement en regardant la branche sur laquelle son enfant était posé.

– Il n'est jamais trop tard pour dire merci, commenta Marie, le sourire aux lèvres, relâchant ses poings.

Anna replaça sa capuche sur sa tête pour se cacher au milieu de la fourrure. Pourquoi n'osait-elle pas lever les yeux plus haut que son tatouage ? Plus haut que ce ciel nuageux traversé par un éclair ? Comme si franchir la barrière des nuages lui paraissait trop risqué, qu'elle avait peur de manquer d'air, de ne pas supporter la pression. Et le convoi repartit en sens inverse. Le cœur plus léger que tout à l'heure, mais plus intrigué encore. Pourquoi avait-elle cette sensation en s'éloignant de cet endroit de quitter un refuge ? Tout en haut de l'immeuble, vivait une tribu. Là, dans ce loft brut et épuré, décoré de bric et de broc, aux lumières tamisées et aux murs percés de baies vitrées donnant sur la mer. Une tribu rassurante et bienveillante qui, sans qu'elle sache pourquoi, lui avait ouvert les bras.

19

Le regard uppercut

– On peut dire que tu as mis la dose de clous de girofle dans le vin chaud, commenta Papouss en tournant la louche dans la marmite.

– En Indonésie, le girofle est connu pour apaiser les douleurs musculaires, expliqua Giagiá en étalant méticuleusement sa pâte à crêpes sur le billig brûlant. Alors je me suis dit que ça ne ferait pas de mal à nos boxeurs ! Et puis, personne ne le remarquera.

– Tu l'as goûté, au moins ? Ça empeste ! grimaça Papouss, affublé lui aussi d'un tablier à carreaux.

– Tant que ça ?

– Espèce de vieille sorcière ! lui chuchota-t-il à l'oreille d'un sourire espiègle.

Et elle de glousser en lui donnant un coup de rozell :

– Vieux brigand !

En ce dimanche pluvieux, il y avait foule au club de boxe du patronage laïc de la Cavale-Blanche. La buvette ne désemplissait pas et diffusait autour d'elle ses odeurs de crêpes, d'épices. Et de clous de girofle ! Les gens étaient venus au gala en famille, soucieux de faire un don à l'association mais aussi curieux d'assister aux différents combats. Et tout le monde y trouvait son compte ! Même les plus petits, qui pouvaient s'initier à la boxe avec un Mickey gonflable à la place du punching-ball.

Sur le ring, deux poids mouche en pleine effervescence s'envoyaient dans les cordes et assuraient le spectacle. Pour preuve : les cris assourdissants des supporters qui résonnaient dans la grande salle, entrecoupés d'intermèdes musicaux assurés par Evann et sa fanfare de médecine.

– Dommage qu'on soit au mois de novembre, regretta Papouss en tendant un verre à son trompettiste de fils. On aurait pu organiser un barbecue ou même un cochon grillé !

– Je reconnais bien là le gourmand ! Vu le succès de cette première édition, on pourrait remettre ça au printemps, non ? Avec le Breizh band, on est partants !

– Pas sûr que ton frère soit d'accord ! Voyons d'abord comment se passe son combat.

– En tout cas, Marie se débrouille pas mal pour une première ! Cette fille m'épatera toujours !

Justement le gong de fin venait de retentir. Et l'arbitre, entouré des deux combattantes, brandit la main de Marie en signe de victoire. La jeune femme poussa un cri rauque et puissant. Un cri de rage mêlé de soulagement qui en disait long sur la force et le mental de la guerrière. Puis elle sauta dans les bras de Gabriel, entourant sa taille de ses jambes fuselées.

– T'as vu comment je l'ai atomisée ?… J'ai fait exactement ce que tu m'as dit : je suis partie en avant en boxant dans le vide avec des petits coups de plus en plus forts pour lui faire peur. Et ça a marché ! Son regard a faibli à quelques centimètres du mien et j'ai senti que la partie était déjà pliée !

– C'est bien ! Tu t'es économisée au premier round, tu n'as pas cherché à frapper fort.

– Oui, t'as remarqué comme mes poings étaient rapides avec toujours un train d'avance sur elle ?

Le boxeur hocha la tête en souriant. Lorsqu'il entreprit délicatement de lui enlever les bandes entourant ses doigts, Marie serra les dents en découvrant ses écorchures.

– Maintenant, c'est à ton tour ! Viens, je vais t'aider à mettre tes gants.

Gabriel jeta un œil méfiant à son adversaire. Deux mètres, un cou de taureau, des épaules de déménageur, une grosse ceinture dorée autour de son peignoir en éponge. Aussi souriant et avenant qu'un gardien de prison. Un éclair d'inquiétude traversa son visage.

– Hé ! Ne te laisse pas impressionner ! Tu ne vas en faire qu'une bouchée du sumo ! Avec un sparring-partner comme moi, tu n'as pas à t'en faire. Crois-moi !

Les groupies étaient déjà toutes attroupées au premier rang quand Anna se faufila pour les rejoindre, son petit Andréa lové contre son ventre dans un sac kangourou. Pourquoi avait-elle accepté d'accompagner Marie ? La curiosité peut-être. Ou autre chose. L'odeur de poussière, la moiteur de la salle, l'écho des coups et celui des grognements. Tout l'oppressait et elle s'apprêtait à faire marche arrière.

– Anna, viens par là ! l'apostropha la boxeuse en la tirant par la main. Te laisse pas intimider par ces mâles en puissance !

– Qu'est-ce que tu racontes ?

– Je vois bien à ton air… Si tu n'étais pas aussi grande, tu te cacherais derrière moi.

– C'est juste qu'il y a un peu trop de bruit pour Andréa.

– Collé entre les seins de sa mère ? Ça m'étonnerait !… Les meilleurs boules Quies du monde !

Et Anna, rougissante, ne put s'empêcher de rentrer la poitrine en saluant Evann, resté près de ses parents.

– C'est dommage, tu viens de louper Marie ! Un grand moment !

– Qu'il est chou ! s'extasia la crêpière en voyant la petite tête dépasser de la poche et d'un grand mouvement de bras, elle poussa son fils pour s'approcher de plus près.

– Je te présente Giagiá ! s'excusa-t-il.

– Quel âge a-t-il ? roucoula-t-elle, de plus en plus intéressée.

– Trois mois.

– Oh ! Il m'a souri ! Je peux le prendre ?

Libérée de son petit kangourou, Anna put enfin ôter son manteau et se sentit tout de suite plus à l'aise. Sur le ring, ses yeux accrochèrent le berceur. Nul doute, c'était bien lui. Même si son corps ne racontait pas la même histoire. Là, son buste d'éphèbe s'exhibait en sueur, dénudé. Un corps d'une puissance inhabituelle qui sautillait d'une jambe à l'autre sans discontinuer. Pas le berceur avachi sur sa chaise, immobile et silencieux. Celui-là envoyait des directs, des uppercuts, des crochets décochés à grande vitesse, sans effort, avec une torsion du poignet à droite ou à gauche. Et face à ses poings serrés, nerveux, fougueux, la tête du Cubain tressautait d'avant en arrière comme un punching-ball à ressort. Où cachait-il toute cette violence, cette rage ? Anna étudia le visage concentré de Gabriel. La finesse de ses traits, sa peau lisse sans une marque de coup. Son cou qui bougeait à peine et ses paupières qui clignaient lentement. Pas du tout ce qu'elle s'était imaginé d'un boxeur. Mais était-il réellement boxeur ?

– Ferme la bouche ! la nargua Marie.

– Quoi ?

– Tu baves.

Et Anna serra les lèvres en fusillant son amie du regard. Elle se sentit honteuse tout à coup. Honteuse de ressentir ce picotement dans le bas-ventre, cette attirance, ce désir pour cet homme. Un autre qu'Eduardo.

À cet instant, elle se détesta.

– C'est moi ou il est bizarre, ce vin chaud ? intervint Evann comme un cheveu sur la soupe. Il a comme un arrière-goût de pâte dentaire.

Et Papouss d'éclater de rire en donnant un coup de coude à sa femme.

Le dernier round n'avait pas encore sonné et Gabriel se tenait assis dans le coin du ring, écoutant les conseils de Marie. Laquelle lui donnait à boire et lui arrosait le visage avec une poire.

– Tu fais du bon boulot ! Continue comme ça, tu l'épuises !

Le boxeur tourna la tête et chercha ses groupies du regard : Papouss agitait vigoureusement son poing pour l'encourager ; son frère lui proposait – au cas où – son verre de vin chaud ; Giagiá pouponnait, l'air béat. Et dans leur lancée, ses yeux firent demi-tour. Que faisait Andréa dans ses bras ? Était-il possible qu'ils se connaissent déjà ? Une telle complicité en plus ! Il aurait parié que l'enfant lui souriait. Et Anna ? Où était-elle ? Plus en retrait, il ne l'avait pas remarquée tout de suite. Sérieuse et immobile, elle rivait sur lui son regard uppercut.

– Ne baisse pas la garde, continua Marie. Avance vers lui, fais-le reculer dans les cordes… Soigne ton jeu de jambes.

Ne pas baisser la garde. En fait, Gabriel ne l'écoutait plus vraiment. Où se trouvait-il au juste ? Ne venait-il pas de sortir du poster de Mohamed Ali ? Comme lorsqu'il était enfant ? Maintenant, il se trouvait loin – très loin – dans un pays étrange et doux à la fois, où vivaient des Esquimaux et des paresseux qui dormaient sur des branches. Il ferma les yeux et se laissa masser le visage puis remettre son protège-dents. Sans voir passer le dernier round.

– Mais qu'est-ce qu'il fait ? s'énerva Marie en tapant du pied. Il y avait quoi dans la gourde ? De la vodka ? Allez, Gaby ! Réveille-toi !

Le puncheur semblait ailleurs et encaissait des coups idiots, des crochets qu'il aurait esquivés facilement en temps normal. Pourquoi n'arrêtait-il pas de la croiser ? Chez lui ? Ici ? Et sa manière de le fixer ? Était-elle encore fâchée contre lui ? Il leva son gant en l'air et laissa le punch de son adversaire ricocher dessus et atteindre sa tête. Jusque-là, il avait été capable d'absorber l'impact, de digérer la douleur, en gardant son esprit alerte. Mais là, le coup fut plus violent que les autres. Renvoyé dans un angle du ring, les bras accrochés aux cordes, il s'efforça de se relever, puis son corps glissa, le visage défait. Il s'affaissa sur le sol dans un bruit sourd de sac qui tombe.

– Knock-down, cria-t-on autour de lui. Knock-down !

Et Anna se couvrit les yeux avec les mains pour ne pas voir ça.

TROISIÈME PARTIE

Knock-down

État d'un boxeur envoyé à terre,
mais non mis hors de combat.

« L'enfance m'a laissé des marques dont je ne sais que faire.

Dans les bons jours, je me dis que c'est là que je puise ma force et ma sensibilité.

Quand je suis au fond de ma bouteille vide, j'y vois la cause de mon inadaptation au monde. »

Gaël FAYE, *Petit pays*

20

Les corps qui tombent

Quand Gabriel se releva en titubant, il sentit le sang chaud qui ruisselait sur sa joue et Marie qui tamponnait déjà son arcade sourcilière.

– On peut savoir à quoi tu joues ? Tu te prends pour un punching-ball ou quoi ? Si tu tiens à garder ta gueule de beau gosse, ressaisis-toi !

Se ressaisir ? Comment lui avouer que, dans sa tête, le combat était déjà terminé ? Qu'avec ce dernier coup, il venait de perdre toute énergie, toute rage de vaincre ? Pourquoi avait-il accepté de se donner en spectacle ? Que l'on puisse le regarder se battre, frapper quelqu'un, lui était devenu inacceptable. Même pour la bonne cause ! Était-ce le regard de cette fille qui lui faisait cet effet ? Avait-il peur de son jugement ? C'était la première fois qu'il ressentait une chose pareille. Et manifestement, le Cubain face à lui ne semblait pas disposé à écourter la partie et s'approchait l'air mauvais, les poings dressés, prêt à cogner. Gabriel le savait : s'il voulait s'en sortir, il devait miser sur la rapidité de son jeu de jambes. À ce jeu-là, l'esquive serait son seul salut. Alors qu'il reprenait ses esprits et se mettait en garde, comme par magie, son adversaire fit un bond en arrière, alerté par un cri étrange en contrebas. Un cri pas si magique que ça, réalisa-t-il en voyant la foule s'écarter subitement dans un silence de mort. Au milieu du cercle, Evann venait de tomber à terre, lui aussi. Knock-down ! Comme si un seul frère au sol ne suffisait pas, il fallait que l'autre le rejoigne. Gabriel connaissait la suite par cœur et assista, impuissant, à la contorsion de son corps. Un corps raide, courbé vers l'arrière, mâchoire serrée, yeux révulsés, secoué par d'intenses tremblements. Evann n'avait pas encore repris connaissance quand Gabriel sauta du ring et s'agenouilla près de son visage. Tout le monde autour de lui retenait son souffle, abasourdi par la violence de la crise, sauf deux. Deux femmes bien décidées à prendre la situation en main. Action-réaction.

– Poussez-vous, poussez-vous ! crièrent les internes à l'unisson.

Marie se précipitait déjà pour tourner le corps inconscient sur le côté pendant qu'Anna repoussait la foule et organisait son transfert à l'hôpital. Et du côté de Gabriel, c'était plutôt l'attente-réaction. Genoux à terre, il restait à fixer son frère, à surveiller sa respiration, la couleur de ses lèvres, les mouvements de sa poitrine. Compter : c'était bien la seule chose qu'il savait faire dans les moments critiques. Compter pour se rassurer, pour accélérer le temps, pour se sentir vivant.

Compter les coups, compter les cris, compter le silence, compter les voitures de police, compter les couloirs de l'hôpi-

tal, compter les numéros sur les portes, compter les fleurs de la nouvelle maison, compter les nuages sur les toiles de Giagiá.

L'aquarelliste près de lui ne comptait pas, elle, mais endurait ce même sentiment d'impuissance qui l'empêchait de bouger. Spectatrice de la scène, elle s'agrippait au bébé comme à une bouée tout en observant les deux femmes escorter le brancard puis monter dans le camion du Samu. Elle aurait voulu les suivre, enfourcher la moto de Gabriel et s'accrocher à sa taille, mais ses pieds restaient cloués au sol, à piétiner ce mauvais pressentiment. À tenter de le réduire en bouillie. Pourquoi était-il si tenace ? À entendre les deux internes, tout était sous contrôle désormais : le malaise maîtrisé, Evann allait se réveiller doucement sans aucun souvenir de ce qui s'était passé. La vieille femme frissonna. Et si la suite des événements leur donnait tort ?

Il faisait déjà nuit quand les deux secouristes retrouvèrent Gabriel et Papouss dans le hall des urgences. Les deux hommes se tenaient à l'écart, loin de l'agitation des brancards et du va-et-vient des familles. Là où les néons aveuglants les laissaient en paix.

– On l'a transféré en réanimation, annonça Marie d'un ton solennel.

– Pourquoi ? C'est plus grave que prévu ?

– Disons que ça s'est un peu compliqué : il a fait un état de mal.

Gabriel se fissura.

– Tu peux traduire ?

Anna écarta sa psychologue de copine et s'assit à ses côtés.

– En arrivant à l'hôpital, les crises se sont enchaînées. Il a fallu l'endormir, le temps que ça se calme.

Il hocha la tête en fixant ses chaussures. Quel était donc le « mal » dont parlait Marie ? Un coma ? Un arrêt cardiaque ? Le boxeur enfouit la tête dans ses mains et se frotta vigoureusement les tempes en enregistrant ces dernières informations. La douleur se lisait sur son visage. La douleur et la peur. Anna se demanda ce qu'elle pouvait ajouter pour le rassurer. D'habitude, elle savait trouver les mots. À la différence de Marie, elle prenait le temps d'expliquer la situation avec tact et douceur. Mais là, c'était différent. La peine du boxeur, les blessures du passé évoquées par Marie, les mystères qui planaient. Tout lui semblait intolérable. Comme si elle était liée à lui, qu'ils ne faisaient plus qu'un, qu'elle n'avait pas le recul nécessaire. N'était-ce pas ce qu'elle avait ressenti tout à l'heure en le regardant boxer ? Cette empathie qui lui avait fait si peur ? Anna approcha lentement sa main de la sienne jusqu'à la frôler. Sa peau striée de nombreuses écorchures, si brune sur le dessus et si pâle du côté de la paume. Ses phalanges gigantesques. Elle recula, hésitante, quand il l'agrippa subitement en écrasant ses doigts. Comme s'il avait peur qu'elle s'en aille. Comme si toute la rage et la colère perdues au combat revenaient d'un seul coup. La rage contre lui-même, la colère contre ce mal obscur.

21

Les clous de girofle

Laisser Evann à l'hôpital fut une autre épreuve pour le boxeur. Si son frère y passait le plus clair de son temps sa blouse sur le dos et son stéthoscope autour du cou, le savoir de l'autre côté, allongé dans un lit, branché au respirateur, était une tout autre histoire. Ce satané sentiment d'impuissance qui le poursuivait. Gabriel compterait les jours jusqu'à son retour. Pas seulement les jours, les heures, les secondes, mais aussi les lignes blanches sur la route, les panneaux de signalisation, les portes qu'il franchirait. C'était plus fort que lui. Quand cela avait-il commencé ? Il ne s'en souvenait plus, avant le drame sans doute. Peut-être était-il né en comptant. Les chiffres étaient partout : dans les pas qu'il parcourait, les marches qu'il montait, les pages qu'il tournait. Un calcul qu'il opérait en silence, persuadé que tous les enfants faisaient la même chose de leur côté. Jusqu'à ce que sa maîtresse de CP le démasque et pointe sa différence. Non seulement il était capable de donner le nombre exact de crayons dans sa trousse mais connaissait aussi par cœur les tables de multiplications. Giagiá avait été convoquée sur-le-champ.

– Il souffre d'arithmomanie, avait grimacé l'institutrice.

Gabriel, sur le moment, n'avait pas compris pourquoi elle en faisait un drame. Pour lui, ce n'était pas une souffrance mais plutôt une libération de compter. Quel drôle de mot à douze lettres venait-elle d'employer ? Ça ressemblait à décalcomanie, mais apparemment ça n'était pas un jeu. Giagiá, elle, appelait ça la « bosse des maths ». C'était plus facile à retenir et en plus, ça la rendait fière.

– Gaby, cette bosse, il faut qu'elle soit ton amie et non le contraire… Les nombres ne doivent pas t'envahir, tu comprends ?

Il s'était frotté le front plus d'une fois pour la sentir. Mais sa bosse, apparemment, était cachée à l'intérieur. Sans doute entre les bosses de français et d'histoire. Un jour, elle serait tellement grosse qu'elle déborderait de son crâne, imaginait-il dans les moments de cafard où elle occupait toutes ses pensées. Puis ces moments étaient devenus plus rares et il avait réussi à s'en faire une alliée. Grâce à elle, il avait toujours un train d'avance sur les autres, raisonnait plus vite, était devenu un as en informatique. Elle lui donnait des idées de grandeur, l'envie d'aller toujours plus loin. Avec cette soif de création et de développement qui l'avait rendu si ambitieux. Et voilà que depuis quelques heures, cette bosse l'envahissait de nouveau jusqu'à l'embrouiller. Que les chiffres le suivaient partout comme s'ils voulaient le noyer.

Les spectateurs étaient tous partis quand ils retrouvèrent Giagiá à la salle de sport. La pièce paraissait gigantesque et leurs pas résonnèrent sur le lino. Les odeurs de poussière et de sueur avaient pris le dessus sur les effluves de vin chaud et de crêpes.

– Qu'est-ce que tu fais là-haut ? l'interrogea son mari.

Assise dans un coin du ring, Giagiá berçait doucement Andréa, le regard dans le vague.

– Je me suis dit que d'ici, je pouvais peut-être aider Evann à gagner son combat, dit-elle tristement, avant qu'Anna la rejoigne et s'empare délicatement de l'enfant.

Les yeux fermés, la bouche ventousée au biberon, le petit ne sembla pas se rendre compte qu'il avait changé de bras.

– Il n'y a qu'Andréa pour s'endormir sur un ring, s'attendrit sa mère. Un futur boxeur peut-être.

– Euh ! Vu la tronche de Gabriel, je ne sais pas s'il faut le lui souhaiter ! commenta Marie, le sourire aux lèvres.

Mais Giagiá n'avait pas envie de rire. Les dernières nouvelles d'Evann l'avaient figée sur place.

– Dix ans qu'il n'avait pas fait de crise ! soupira-t-elle.

– C'est incompréhensible ! ajouta Papouss.

Marie se racla la gorge.

– Hum ! Vous saviez qu'il ne prenait plus son traitement ?

– Impossible ! Evann n'aurait pas pris un risque pareil ! clama Giagiá. Un étudiant en médecine, en plus !

– On n'a trouvé aucune trace de médicament dans son sang. Le réanimateur vient de me le confirmer.

Gabriel ferma les yeux. Il n'avait pas besoin de ce détail. En tout cas pas maintenant. N'était-ce pas la preuve qu'il aurait pu faire quelque chose ? Qu'en contrôlant mieux son pilulier, il aurait pu empêcher la crise ? Éviter le mal ? Pourquoi se sentait-il toujours responsable ? Toujours coupable ? Depuis le drame, la même rengaine, qu'il n'arrivait pas à faire taire. Et de son côté, Giagiá ressentait la même chose. Pourquoi n'avait-elle pas su veiller sur lui ? N'avait-elle rien vu venir ? Quelle case avait-elle sautée dans le manuel de la mère parfaite ?

– Au moins, on a une explication, voulut les rassurer Anna avant que Marie en rajoute une couche.

– Sous traitement, il va aller beaucoup mieux !

Mais c'était comme si elles parlaient dans le vide. Accablés par le chagrin, les trois autres semblaient hermétiques à toute pensée positive. Et les deux internes réalisèrent qu'il était temps de les laisser en famille. Lorsque Gabriel croisa le regard d'Anna une dernière fois, il se demanda ce qu'elle pouvait comprendre de tout ça. De ce mal latent qui avait refait surface… Si seulement cette journée n'avait jamais existé !

– Allez, viens ! On rentre à la maison, proposa Papouss en tendant la main à sa femme pour qu'elle descende. *Mais Giagiá restait prostrée dans le coin du ring.* Tu veux que je t'amène du vin chaud ? Avec une double dose de clous de girofle ? finit-il par proposer pour la faire réagir.

Même une tonne de clous de girofle n'aurait pas suffi à

anesthésier sa douleur. C'était sa faute ! Elle avait veillé à ce qu'Evann ne manque de rien, à ce qu'il ait toujours son réfrigérateur rempli, ses habits bien repassés, en oubliant l'essentiel. Le cœur du problème. C'était plus fort qu'elle : la vie était parfois si dure, si injuste, qu'elle avait l'impression qu'en faisant comme si l'horreur n'avait jamais existé, en jouant les naïves, elle la rendait plus supportable et plus légère. Plus poétique même. N'était-ce pas la même chose avec toutes ses croyances et superstitions ? Une manière d'éviter l'inacceptable ? De vouloir tout contrôler ? Evann avait deux ans lorsqu'il avait reçu ce coup sur la tête. Elle n'en savait pas beaucoup plus. Quel objet avait-on utilisé ? S'était-il interposé quand il avait été assommé ou était-il déjà au sol ? Le coup avait-il été porté avant ou après la mort de sa mère ? Plusieurs zones d'ombre restaient à éclaircir. Des ombres que lui et son frère avaient décidé de garder pour eux. Mais était-elle sûre de vouloir les connaître, après tout ? L'important, n'étaient-ce pas les conséquences ? Ces crises d'épilepsie qui continuaient, vingt ans après, à leur pourrir la vie ? Pourquoi les avait-elle oubliées, celles-là ?

Après l'avoir appelée plusieurs fois en vain, Gabriel finit par monter sur le ring en enjambant les cordes. Giagiá semblait si petite, recroquevillée face à lui.

– Viens, je t'emmène à l'hôpital, murmura-t-il en posant sa main sur son épaule. Il a besoin de toi.

– Tu crois ?

C'était la première fois que Gabriel exprimait une telle demande à son égard. Jamais il ne lui avait montré qu'il comptait sur elle. Mais à cet instant, il réalisa qu'il fallait le lui dire.

– J'ai entendu parler d'une femme avec des nattes, ajouta-t-il avec un demi-sourire. La plus ancienne de l'association… Il paraît que c'est la meilleure. Elle serait capable de veiller toute une nuit en silence, juste en tenant une main. Tu pourrais faire ça pour lui ?

Lorsqu'elle leva vers lui ses yeux inondés de larmes, elle sut enfin ce qu'il lui restait à faire.

22

La ligne de vie

Sans ses nattes et son tee-shirt, Giagiá eut l'impression d'avoir oublié quelque chose en franchissant le seuil de l'hôpital, un peu comme un médecin sans sa blouse. Alors qu'elle connaissait l'hôpital Morvan et son service de pédiatrie comme sa poche, la berceuse ne se rendait pratiquement jamais sur le site de la Cavale-Blanche. Pourquoi ce malaise soudain ? Cette peur qui l'oppressait ? Était-ce le fait de se retrouver de l'autre côté : celui des patients et de leur famille ? De voir Evann dans un lit d'hôpital ? De se sentir démunie, inutile ? Après avoir longé des couloirs déserts, elle arriva enfin devant la porte close de la réanimation.

– Désolé, les visites ne sont autorisées que l'après-midi, lui répondit-on poliment à l'interphone.

Et Giagiá, tout aussi courtoise, ne fut pas à court d'arguments pour gagner son billet d'entrée :

– Mon fils a besoin de moi… Bénévole depuis plus de vingt ans, je connais la maison… Je me ferai toute petite… On ne m'entendra pas… Je ne toucherai à rien.

Bizarrement, on préféra lui ouvrir plutôt qu'elle fasse le pied de grue toute la nuit à l'entrée du service. Et Giagiá respecta sa promesse : elle parvint tellement à se fondre dans le décor que les soignants finirent par oublier sa présence. Il y avait ce jeune homme endormi dans ce lit et au bout de son bras, un autre attaché à lui. Comme une ligne de vie dont les marins se servent en cas de tempête pour ne pas chuter du bateau. Giagiá serrait la main de son fils pour ne pas qu'il sombre. Avec, de temps en temps, une pression plus forte pour lui montrer qu'elle était toujours là, qu'elle ne le lâcherait pas. Pas besoin de paroles, l'influx passait à travers leurs doigts. Et lorsque les crampes la gagnaient, qu'elle se levait de sa chaise pour se dégourdir les jambes, Giagiá prenait soin de ne jamais perdre le contact. Une caresse sur le visage, un massage de pied, il n'était pas question de rompre la ligne de vie.

Si au moins elle avait pu inverser les rôles : être allongée dans ce lit à sa place. N'était-ce pas ce que devaient ressentir toutes les mères confrontées à la même situation ? Elle se demanda à partir de quand elle s'était sentie mère pour la première fois. La plupart n'avaient même pas à se poser cette question : le miracle se produisait le jour de leur accouchement. Mais dans son cas ? Quand avait-elle eu le déclic ? Elle se rappela de toutes leurs premières fois ensemble : leurs premières nuits à la maison, leurs premiers câlins, leurs premières joies, leurs premières colères… Des moments d'autant plus intenses qu'ils étaient deux ! Deux oisillons aux personnalités que tout opposait. Avec

Papouss, la différence dans leurs comportements les avait tout de suite frappés. Evann restait égal à lui-même : un petit garçon pétillant qui papillonnait, s'ouvrait au monde avec énergie et enthousiasme. Et du drame, il ne semblait garder comme cicatrice que le coup qu'il avait reçu sur la tête. Ses crises d'épilepsie, survenues dès le premier mois, court-circuitaient le cours de sa vie sans sembler l'affecter outre mesure. D'importants malaises au début, où il perdait connaissance, secoué par d'intenses convulsions. Puis des plus petits, sous traitement, où sa tête tournait toute seule et son bras se levait pendant quelques secondes sans qu'il perde contact. Gabriel, lui, avait réagi autrement. Était-ce parce qu'il était plus âgé ? Qu'à six ans, on capte tout ? Qu'à six ans, on se souvient ? Avait-il subi d'autres sévices ? L'oisillon avait mis plusieurs mois à prononcer un mot, à interagir avec les autres. À s'habituer à ce nouveau nid calme et douillet, au milieu des nuages dessinés sur des toiles. À cet homme à l'accent chantant, tout en rondeurs et en gourmandise, qui ressemblait à Demis Roussos sur la couverture de son disque de Noël. À cette femme – cette fée – qui ne s'arrêtait jamais de sourire, jamais de parler, jamais de l'embrasser. Et petit à petit, le charme avait opéré. Son regard s'était adouci, avec parfois même une esquisse de sourire derrière sa mine boudeuse. Que renfermaient ses cicatrices ? Celle sous le pansement s'était vite refermée, mais les autres ? Les plus profondes encore ? Celles qui ne se voyaient pas ? Elle se posait toujours la question aujourd'hui.

Lorsqu'au petit matin, le médecin accompagné de ses internes la fit sursauter en pénétrant dans la chambre, Giagiá réalisa qu'elle s'était assoupie.

– Vous ne voulez pas rentrer vous reposer ? lui demanda-t-il gentiment.

– Rassurez-vous, docteur… quand je suis en état de veille, je ne m'épuise pas.

– Si vous le dites.

Combien de temps avait-elle rompu la ligne de vie ? Elle se tourna inquiète vers son fils, vérifia que le tube était bien en place dans sa bouche, sa respiration calme et paisible, s'assura que l'objet soigneusement caché sous l'oreiller était toujours là puis s'empressa de reprendre sa main restée à plat sur le matelas.

– Et cet état de mal, docteur ?

L'homme parut surpris par la détermination et l'aplomb de ce petit bout de femme.

– Il est trop tôt pour statuer. Ce matin, on va essayer de le réveiller et voir comment il réagit… Il faudra alors contrôler son électroencéphalogramme.

Giagiá acquiesça à chacune de ses phrases comme si elle essayait de retenir une leçon. Et après le passage des blouses blanches, elle serra fermement son poing pour signifier à son fils que ce n'était pas le moment de faiblir. Devant lui, elle voyait déjà le bout du tunnel. Il n'avait plus qu'à se laisser guider par le halo de lumière.

23

Le coup du fer à cheval

Son téléphone vissé à l'oreille, Marie faisait les cent pas dans la salle des internes du service de neurologie pendant que Marie-Lou étudiait le dossier du patient qui venait d'entrer. Un patient particulier que tout le monde semblait connaître : étudiants en médecine, soignants, brancardiers… Tous voulaient de ses nouvelles. Et voilà que Marie s'y mettait elle aussi en débarquant dans son service comme une furie, informant la terre entière. Vive le secret médical !

– Bonne nouvelle ! déclara-t-elle, joyeuse. Evann vient de sortir de réa ! Ils ont arrêté la sédation et il a pu être extubé.

Un silence se fit entendre de l'autre côté du combiné, suivi de la voix enrouée de Gabriel :

– Et en français, ça donne quoi ?

– Ton frère est réveillé ! Sur l'électroencéphalogramme, il n'était plus en état de mal et il vient d'être transféré en neurologie.

– C'est plus clair.

– Il n'aurait pas pu mieux tomber ! C'est ma copine Marie-Lou qui va s'en occuper…

L'intéressée se retourna en lui faisant les gros yeux.

– C'est la meilleure, je te dis ! la nargua Marie d'un clin d'œil, bien décidée à en rajouter. Et la plus sérieuse des internes que je connaisse ! Elle a été la colocataire d'Anna, puis on a passé six mois ensemble à l'internat de Quimper. Alors forcément, je sais de qui je parle. Son seul défaut : son mec ! On ne peut pas avoir que des qualités !

– Marie, stop ! supplia l'interne.

– Je ne t'ai jamais parlé de lui ? Matthieu, le cousin d'Anna… Aussi bougon et insupportable que toi, c'est dire !

– En fait, vous vous connaissez tous à l'hôpital ! Vous êtes une sorte de tribu, c'est ça ?

– Ha ha ha ! Marie-Lou, écoute ça ! Gaby nous traite de tribu.

L'interne confirma en souriant.

– Tu n'es pas obligé de répéter tout ce que je dis ! ronchonna Gabriel.

– Bah, si ! Surtout quand je trouve ça drôle et bien vu.

– Bon, tu viens ? Evann sera content de te voir. Et puis, il faut que je fasse les présentations. Depuis le temps que Marie-Lou entend parler de mon ami d'enfance fantôme… C'est une fille extra, tu verras.

– Tu m'avais dit la même chose d'Anna.

– J'avais tort ?

– Non…

– Alors ?

– En tout cas, j'espère qu'elle arrivera à convaincre mon frère de bien prendre son traitement.

– Je crois qu'il l'a compris tout seul, le pauvre. Il s'en veut terriblement.

Gabriel ne vint pas à la Cavale-Blanche. Ni ce jour-là, ni les jours suivants. Qu'apporterait sa présence ? Rien de positif. Il se rendrait sans doute plus utile à l'hôpital Morvan à s'occuper des nouveau-nés qui l'écouteraient chanter et se laisseraient sûrement bercer plus facilement qu'Evann. Au fond de lui, il ne pouvait s'empêcher d'en vouloir à son frère. En arrêtant ses traitements, en jouant avec sa vie, n'avait-il pas joué avec la sienne ? Leur équilibre, leur tandem. Que deviendrait-il sans lui ? Malgré toutes les bonnes nouvelles qu'on lui donnait, il restait en alerte. Evann ne serait jamais à l'abri d'une nouvelle crise. Jamais. Une épée de Damoclès qui pointerait constamment au-dessus de sa tête pour lui rappeler d'où il venait. Giagiá, elle, ne partageait pas ce fatalisme. Et maintenant qu'il était réveillé, elle s'était empressée de sortir son sac à provisions en mettant autant d'application à remplir les placards de sa chambre d'hôpital que ceux de son appartement.

– C'est petit, tout de même ! Il pourrait y avoir plus de rangements, rouspéta-t-elle en disposant ses bocaux de confiture et ses sachets de gâteaux faits maison.

– Je n'avais pas spécialement prévu d'y rester un mois, soupira Evann au fond de son lit.

Comment lui avouer qu'il n'avait pas faim ? Pas la moindre envie de quoi que ce soit. Il se sentait comme lors d'un lendemain de fête. Un lendemain de gala de médecine où il aurait passé la nuit à jouer avec son Breizh band et à danser comme un dératé. Les courbatures le tiraillaient de toutes parts, son teint n'était pas doré mais gris, et ses cernes lui faisaient une tête de raton laveur. Sans parler de sa langue. N'en parlons pas, de sa langue ! Mordue lors de la crise puis suturée de quatre points, il réfléchissait à deux fois avant de parler ou même d'avaler quelque chose. Mais hors de question de s'apitoyer sur son sort ! Evann n'avait jamais su se plaindre, ni garder son sérieux plus d'une minute. Et il se faisait un devoir de rire en toute circonstance : avec ses amis et ses compagnons de fanfare, mais aussi en faisant des tours de magie aux enfants hospitalisés et au chevet des patients, lors de l'apprentissage de son futur métier. Faire rire pour combler les failles, masquer sa timidité. Faire rire pour se sentir exister.

– Quand je me suis réveillé, j'ai senti quelque chose qui me gênait derrière la tête, avoua-t-il à Giagiá pour tester sa réaction.

– Vraiment ?

– Quelque chose de dur, j'ai d'abord cru qu'il y avait un problème avec mon oreiller.

– Vraiment ?

Giagiá arrondit la bouche comme une petite fille qui venait de faire une bêtise tout en disposant son aquarelle sur la table de nuit. Un ciel nuageux habituel, à la différence qu'on voyait pointer un rayon de soleil. Une trouée de lumière après la pluie.

– Voilà, un peu de couleur ! Je préfère ça ! Je n'ai jamais compris pourquoi les murs restaient nus dans les chambres d'hôpital.

Manifestement, la vieille femme tentait de noyer le poisson.

– Alors ? Tu ne devines pas ce que j'ai trouvé sous les draps ? insista Evann, souriant pour la première fois depuis son réveil.

– Non… La petite souris ?

– Ha ha ha ! La mauvaise foi, je rêve ! Et en plus, tu me fais rire et ça me fait horriblement mal à la langue !

– Je ne vois vraiment pas où tu veux en venir.

Il brandit un objet sous son nez avec le même air victorieux que s'il démasquait une voleuse. Un fer à cheval. Un ancien, à la couleur cuivrée, piqueté de toutes parts.

– Je te laisse t'expliquer avec les infirmières du service. Elles n'étaient pas très contentes avec les taches de rouille sur les draps. *La vieille femme fit la moue.* Et ce n'est pas la peine de nier, je reconnais l'objet suspendu au-dessus de la porte de ta cuisine.

– Tiens, qu'est-ce qu'il fait là ?

– Ah oui, tiens, c'est dingue ! D'ailleurs, tout le monde me demande pourquoi il est si petit. Un fer à cheval miniature. Je n'ai pas su leur répondre.

Giagiá hésita un instant :

– Hum ! Il a été conçu pour un poney.

– Ha ha ha ! Aïe ! Ma langue ! grimaça-t-il au milieu de grands éclats de rire.

La superstitieuse ne sut comment réagir. Elle n'imaginait pas que l'objet lui fasse cet effet-là, mais comment ne pas être soulagée de le voir si joyeux ? Evann écarta les bras et lui fit signe de s'approcher :

– Viens là, ma sorcière bien-aimée ! Je ne me moque pas de toi, tu sais ? J'ai tellement de chance de t'avoir.

– J'ai eu si peur de te perdre, lui souffla-t-elle en balayant une larme qui perlait sur sa joue.

– Je sais… Mais je suis coriace, tu devrais le savoir, depuis le temps. Je me relève toujours !

– Oh ! Pardon ! On dérange ?

Au milieu de ces grandes effusions, Marie-Lou et Marie venaient de pénétrer dans la chambre, blouse blanche sur le dos et dossier sous le bras.

– Non, entrez ! Giagiá se remet tout juste de ses émotions.

Marie se jeta sur lui à son tour.

– Evann ! Ça fait plaisir de te voir en forme !

– Aïe ! Doucement ! Que de femmes pendues à mon cou ! Je devrais peut-être remettre ça plus souvent, dit-il en adressant un clin d'œil à Marie-Lou.

– T'as pas intérêt ! le menaça Marie. Tu as eu de la chance, cette fois.

– De la chance ? Tu ne connais pas le miracle du fer à cheval ? Enfin, plutôt celui du fer à poney ?

– Ha ha ha, si ! Marie-Lou vient de m'en toucher un

mot. Je pense que personne ne lui avait encore fait ce coup-là ! Hein ?

La jeune neurologue sourit à la superstitieuse. À l'hôpital, elle était amenée à entrer rapidement dans l'intimité des familles avec souvent des surprises à la clef. Des fonctionnements et des liens étranges entre les uns et les autres, des sentiments variés : de l'amour, de la rancœur et parfois même de la haine, des croyances insolites. En tant qu'interne, elle devait d'abord bien cerner l'environnement pour mieux appréhender son patient. L'important était de rester la plus neutre possible. Mais là, elle n'avait pas encore réuni toutes les pièces du puzzle. La situation s'avérait complexe, atypique, quelque peu romanesque. Seules quelques bribes du passé d'Evann lui étaient parvenus, mais suffisamment pour être touchée en plein cœur. Comment ne pas s'émouvoir devant la scène qui se déroulait sous ses yeux ? Le coup du fer à cheval, on ne lui avait jamais fait, c'est vrai. Mais pourquoi avait-elle l'impression que ce n'était que la partie émergée de l'iceberg ?

– Il faut s'attendre à tout avec Giagiá ! s'excusa Evann.

– S'il vous plaît, pas un mot à Gaby ! les supplia-t-elle.

La superstitieuse savait qu'il ne comprendrait pas. C'était plus fort qu'elle. Quand Marie lui avait parlé d'état de mal, cette idée avait germé. Le fer à cheval ne faisait-il pas partie des symboles de protection les plus anciens contre les esprits malveillants ? Par sa matière et sa forme en croissant de lune ? Comment ne pas s'en servir, alors qu'elle l'avait sous la main ? On ne l'empêcherait pas de penser qu'elle avait contribué, à sa manière, à la guérison de son oisillon. Comme ses pots de confiture : une sorte d'amour beurre-sucre qu'elle n'arrivait pas à réfréner. Surtout qu'on ne lui dise pas que c'était uniquement l'effet des médicaments ! Qu'on ne lui dise pas qu'elle n'y était pas un peu pour quelque chose !

24

Satanées vésicules

Anna n'avait pas faibli et était allée au bout de ses démarches. Dès le début du mois de décembre, elle avait trouvé une nourrice pour Andréa puis rejoint les internes du service de chirurgie viscérale. Même si l'équipe s'était déjà organisée sans elle, la jeune femme comptait trouver rapidement sa place. Voilà plus d'un an que l'expatriée avait quitté le service, et si sa réputation de battante et de meneuse était déjà faite auprès de ses chefs, il lui restait maintenant à convaincre les plus jeunes. Pas question d'avoir un régime spécial de mère célibataire et de veuve éplorée, sa vie privée ne regardait qu'elle. La jeune chirurgienne avait eu l'habitude d'évoluer dans un monde d'hommes carriéristes. Un monde de passionnés qui ne comptaient pas leurs heures et dont la vie familiale passait souvent au second plan. Le fait d'être une femme ne devait en rien la faire exercer différemment. Dès la première semaine, Anna avait ouvert sa propre plage de consultations et insisté pour que son nom figure sur la liste de garde. Un dynamisme salué par les autres internes qui ne s'étaient pas fait prier pour lui laisser la nuit du vendredi soir avec le patron.

– Matthieu ? Je peux te rappeler vers minuit ? s'empressa-t-elle de répondre tout en enfilant son pantalon de pyjama. Je rentre au bloc : une péritonite sur cholécystite…

– Juste pour t'informer qu'Andréa a de la fièvre.

– De la fièvre ? Mince… Combien ?

– J'ai vérifié deux fois : 39 °C… Et il a un drôle de bouton sur la cuisse. Marie-Lou a l'impression que c'est une vésicule.

– Une vésicule ?

– Oui, peut-être un début de varicelle.

– Tu me fais marcher ?

– Non… Mais t'inquiète, on gère. On lui a donné du Doliprane® et on va le surveiller à tour de rôle, cette nuit.

La femme en blanc fit la grimace. Elle avait tout planifié : Matthieu récupérerait Andréa en sortant du travail et le garderait à dormir. Une solution de facilité, vu que son fils Malo était chez la même nourrice. Tout planifié, sauf ça ! En trois mois, son bébé n'avait jamais été malade, pas même un rhume ! Et voilà qu'une saleté de virus choisissait le jour de sa première garde pour l'attaquer. C'était vraiment lâche de sa part ! Juste le jour où elle avait envie d'épater l'homme le plus exigeant et intransigeant de la terre. Où elle avait envie de lui montrer ce qu'elle avait dans le ventre ! Une expression qui tombait bien à propos d'ailleurs :

– Anna, incision !

La grande brune sursauta et rejoignit son chef de l'autre côté du champ opératoire. De la pointe de son scalpel, elle suivit méticuleusement le trait bleu dessiné sur la peau. Rester concentrée, oublier ce coup de téléphone, se focaliser sur l'intervention et occulter le reste. Au risque de passer pour une mère indigne aux yeux de tous ! Des gouttes de sueur perlèrent sur son front et elle commença à manquer d'air sous son masque. Se ressaisir avant que le patron le remarque. Et s'il pensait qu'elle n'était pas prête ? S'il remettait en question sa reprise ? Pourquoi avait-elle accepté de reprendre cette garde ? Elle leva la tête pour s'assurer que l'homme aux yeux de lynx n'avait pas repéré son trouble.

– Ce n'est pas moi qu'il faut regarder, Anna, dit-il sans perdre de vue l'instrument entre ses doigts. Je sais que je vous ai manqué depuis tout ce temps, mais tout de même.

Elle imagina son sourire enjôleur, ses grosses moustaches se courber sous le masque et cette pensée lui donna du baume au cœur.

– C'est bien, continuez comme ça… Prenez le temps de bien sectionner le ligament cystico-duodéno-colique.

Petit à petit, l'interne retrouva ses automatismes et se laissa guider par la voix calme et rassurante de son maître.

– Vous abordez maintenant le triangle de Calot…

À chacune de ses phrases, Anna hochait la tête pour lui montrer qu'elle était concentrée. Lui laisser le bistouri après une si longue absence, elle n'en revenait pas de la confiance qu'il lui accordait. Voulait-il lui montrer qu'il ne l'avait pas oubliée ? Qu'elle avait toujours sa place dans le service ? Quand elle eut fini de dégager l'organe et qu'elle réussit à l'extraire de l'abdomen, les larmes perlèrent au coin de ses yeux dans un mélange de soulagement et de fierté. Soulagement d'être allée jusqu'au bout. Fierté de ne pas avoir perdu la main, de ne pas avoir succombé à son stress.

– Regardez-moi cette vésicule gangréneuse ! s'extasia-t-il en pointant du doigt la forme verdâtre posée sur-le-champ. Il était grand temps de l'enlever ! On a frôlé l'abcès du foie au contact ! J'aurais préféré réaliser ce geste à froid, mais vu le sepsis, il y avait urgence !

Anna ne l'écoutait plus vraiment. L'opération derrière elle, elle venait de se reconnecter à la réalité. « Une vésicule sur la cuisse d'Andréa, une autre gangréneuse dans le ventre de ce patient », répétait-elle dans sa tête. Qu'avaient-elles, ces satanées vésicules, à la poursuivre aujourd'hui ? Drôle de coïncidence, tout de même ! Ce vilain mot renfermait-il un autre sens, qu'elle ne connaissait pas ? Cette nuit de garde lui réservait-elle d'autres surprises ?

– Pour une reprise, vous vous êtes bien débrouillée ! la félicita l'homme masqué en se débarrassant de ses gants. Je vous laisse refermer et installer le drain… Encore une chose, ajouta-t-il en s'éloignant de la table : n'oubliez pas d'aller dormir ! Un autre métier vous attend demain. *Anna arqua un sourcil, pas bien sûre de comprendre.* Votre petit. Ne croyez pas qu'il vous ménagera parce que vous avez travaillé toute la nuit. Bien au contraire ! Il va vous en faire voir de toutes les couleurs !... Être parent ou chirurgien : à choisir, je ne sais pas ce qui est le plus fatigant !

Anna rougit sous son masque. Elle ne s'attendait pas à ça. Cette dernière remarque la toucha en plein cœur. Depuis quand son patron se préoccupait-il de sa vie ? Alors qu'il s'était montré distant, lui avait posé très peu de questions sur Andréa, sur son organisation au quotidien, voilà qu'en une phrase il lui montrait qu'il veillait sur eux. Que l'homme le plus intransigeant de la terre avait une âme de patriarche. Mais son conseil fut dur à suivre. Comment fermer l'œil dans cet état d'énervement ? Avec ces satanées vésicules qui continuaient à la hanter ? Et Andréa ? Comment allait-il ? Elle était sortie trop tard du bloc pour rappeler Matthieu et n'arrêtait pas d'y penser.

Le lendemain matin, lorsqu'elle se rendit dans leur petite maison sur les hauteurs du port du Moulin-Blanc, elle imaginait déjà son fils bouillant de fièvre et couvert de boutons purulents. Quelle ne fut pas sa surprise en découvrant un nourrisson gazouillant et souriant, allongé sur son tapis d'éveil !

– Fausse alerte ! l'accueillit Matthieu, en short de bain, encore tout ensommeillé.

Avait-il dormi dans cette tenue ou comptait-il aller se baigner en plein mois de décembre ? Tout était possible avec son cousin.

– Comment ça ? Il n'a plus de fièvre ?

Anna se précipita pour prendre Andréa dans ses bras et celui-ci détourna la tête, comme s'il la boudait.

– Non, pas ce matin… Peut-être qu'il fait juste ses dents.

– À trois mois ?

– Je ne suis pas pédiatre, lâcha Matthieu en haussant les épaules.

Alors qu'elle le déshabillait pour inspecter sa peau, le petit protestait en gigotant dans tous les sens.

– Si pour vous, ce minuscule bouton ressemble à une vésicule, les taches de rousseur de Marie-Lou, c'est quoi ? Des pustules ?

– Merci, ça fait plaisir ! pouffa l'intéressée qui venait d'entrer dans la pièce, en nuisette, avec Malo dans les bras. Dis tout de suite que je suis moche !

Elle feignit d'être offusquée, mais son sourire illuminait son visage. Moche. Il aurait fallu être fou pour l'affubler d'un tel adjectif ! Même sans maquillage, les cheveux en pétard, Marie-Lou rayonnait, pleine de sensualité. C'était juste indécent !

– Non, sérieusement… Encore heureux que vous n'ayez pas fait dermato, tous les deux ! bredouilla Anna en suivant des yeux la nuisette et son enfant accroché à elle.

Voilà qu'elle dandinait des hanches au rythme de la salsa, tout en installant le petit déjeuner sur la table.

– Avec Matthieu, on n'a jamais aimé cette spécialité.

– Eh bien, ça se voit ! Désolée de vous le dire !

Indécent, c'était le mot ! Anna avait beau les adorer tous les trois, cette scène familiale lui donnait envie de fuir en courant. Le bonheur d'un samedi matin ordinaire, cette radieuse simplicité, la renvoyait à sa solitude, à ce qu'elle avait perdu. À ce qu'elle ne pourrait jamais avoir. Elle eut honte de ce qu'elle éprouvait à leur égard. De cette jalousie qui la submergeait. Anna sut qu'elle devrait désormais trouver une autre solution pour ses gardes. Elle ne pourrait pas constamment les solliciter. Ce n'était pas d'eux qu'elle doutait – les connaissant, ils accepteraient toujours de garder Andréa –, c'était d'elle qu'elle se méfiait. De sa rancœur. Et si elle devenait de plus en plus aigrie ? Si elle finissait par les détester ?

Elle passa le week-end à broyer du noir, enfermée dans son appartement. Retour à la case départ, pensa-t-elle en tournant en rond dans ses trente mètres carrés. Et Andréa qui se mettait à faire une régression, lui aussi ! À ne pas vouloir dormir et à hurler dès qu'il quittait ses bras !

– Ça recommence ? s'inquiéta Yvonne, la bistrotière, venue sonner à sa porte. Besoin d'un coup de main ?

– Ça ira, merci… Des coliques sûrement, soupira-t-elle pour avoir la paix, refusant poliment les tranches d'andouille proposées comme remontant.

Le petit fauve, comme l'appelait Matthieu, semblait en colère. Il serrait les poings et battait des pieds pour exprimer son mécontentement. Avait-il réellement mal quelque part ? Voulait-il lui faire payer sa nuit d'absence ? Ou ressentait-il sa fatigue ? Sa tristesse ? Ses angoisses ? Comme si, sorti de son ventre, il restait en fusion avec elle. En étant capable de capter ses émotions. Cette idée la fit culpabiliser. Comment pouvait-elle lui imposer ça ?

– Désolée, petit homme, lui murmura-t-elle en le regardant droit dans les yeux. *Son calme subit la poussa à continuer.* Je suis juste fatiguée, tu comprends ? Je n'avais pas vraiment prévu ça dans mes plans : la fatigue… On fait comment pour recharger la batterie quand elle est à plat ? On dort ? Qu'en penses-tu, Andréa ?

Son air sérieux et ses sourcils froncés l'amusèrent. Et si ce petit homme avait juste besoin qu'on lui parle ? Tout simplement. Elle pensa à Gabriel, à sa façon de le regarder et de l'hypnotiser. À Evann et sa trompette magique. Cet instrument, elle eut envie de l'entendre à nouveau et de mesurer son effet sur Andréa. Les mélodies d'Ibrahim Maalouf soufflèrent dans les baffles quand elle commença à danser, son petit kangourou suspendu dans son sac contre sa poitrine. Beirut. Le musicien déambulait dans sa ville, empreint de nostalgie, et sa plainte lente et langoureuse devint la sienne. Elle écarta les bras et les fit onduler de haut en bas, de gauche à droite, telles des ailes d'oiseau. À cet instant, elle ne voulait penser à rien. Juste planer, emporter son enfant avec elle. Survoler le monde réel. Et si son patron avait raison ? Sur le moment, elle n'avait pas mesuré la portée de sa phrase. Mais de là-haut, c'était plus clair. Être mère, c'était un métier à temps plein. Être mère, c'était vivre chaque instant plus intensément, respirer pour deux. Ressentir la nécessité d'être plus juste, plus forte. Être mère, c'était se réinventer. Elle baissa la tête puis sourit. Bercé par le vent, son oisillon s'était endormi.

25

La famille des bernard-l'ermite

Au petit matin, Marie s'était rendue au port du Château à la rencontre de Gabriel. Voilà plusieurs jours qu'il ne répondait pas à ses appels et que sa famille était sans nouvelles de lui. La seule à avoir la chance de lui parler, c'était Marie-Lou. Chaque jour à la même heure, l'interne de neurologie lui faisait un petit point sur la santé d'Evann et prenait le temps de le rassurer. Au début, elle avait été intriguée par ses tournures de phrases courtoises, pleines de délicatesse et le vouvoiement qu'il employait à son égard. Ses propos étaient teintés d'une certaine gravité, d'une urgence, avec parfois distance et froideur et parfois tout le contraire. C'était déstabilisant.

– Je suis de plus en plus curieuse de rencontrer ton ami, avait-elle avoué à Marie, venue prendre des nouvelles du convalescent, elle aussi.

– Depuis que je le connais, je me dis qu'il vient d'une autre planète, plaisanta cette dernière. Pourquoi crois-tu que je vous l'ai caché tout ce temps ? Gaby ne laisse personne indifférent. Demande à Anna ce qu'elle en pense, tu verras.

– Anna ? Pourquoi ?

– C'est une longue histoire.

Marie-Lou aurait aimé en savoir plus, mais n'insista pas.

– En tout cas, Evann et son frère semblent très différents.

– Des opposés, tu veux dire ! C'est un principe dans leur famille : personne ne se ressemble. Un heureux mélange où chacun soutient l'autre à sa façon.

– J'ai eu l'occasion de m'en rendre compte, approuva Marie-Lou. Le principe du château de cartes, je connais. Dans la famille de Matthieu, ils fonctionnent pareil.

Le loft était désert, faiblement éclairé par les premières lueurs du jour. On aurait dit un atelier d'artiste un peu bohème. Un peintre cherchant l'espace et la lumière sans se soucier du reste. Marie déambula au milieu de ce joyeux désordre sans aucune trace de vie, puis se dirigea vers l'escalier en colimaçon qui montait jusqu'à la chambre de Gabriel. Elle ne fut pas surprise de trouver l'édredon en lin bien tendu aux quatre coins de son lit et prit un malin plaisir à s'asseoir dessus en faisant des plis. Quelle vue splendide de là-haut ! Pourquoi ne s'invitait-elle pas ici plus souvent ? À cette période de l'année, le port de plaisance sommeillait, en pleine hibernation jusqu'au printemps prochain. Marie admira le dessin des mâts qui pointaient vers le ciel et la lumière qui commençait à affleurer à la surface de l'eau en y semant ses reflets d'argent.

– Tu es où, Gabriel ? soupira-t-elle en laissant sonner son téléphone.

Quand il décrocha enfin, elle se demanda un instant si elle avait bien entendu.

– Je suis là.

– Ah ! Un revenant !

– Ah ! Une chouette bien matinale ! répondit-il du tac au tac.

– Au travail, on pense que tu es en déplacement à Paris… Mais moi, je sais que ce n'est pas vrai !

– Vraiment ? Pourquoi ?

Sa voix paraissait lointaine, couverte par le souffle du vent.

– Parce que tu ne serais pas parti si loin, sachant ton frère à l'hôpital. Parce que j'entends le bruit des vagues derrière toi. Parce que t'es un sacré emmerdeur !

– Tu me connais si bien que ça ? dit-il d'un ton moqueur.

– Encore mieux que tu ne crois ! Evann sort demain, il espérait que tu viennes le chercher.

Gabriel marqua une pause avant de répondre et Marie prêta l'oreille à la recherche d'indices sur sa localisation. Un coup de sirène de bateau, une annonce dans un haut-parleur ? Non, rien. Juste le cri moqueur des mouettes.

– Je serai là, finit-il par lâcher.

Sur la plage de l'île Vierge à Crozon, Gabriel avait l'impression d'être seul au monde. Non loin de là, le phare du Kador dominait la mer, perdu au milieu de la lande et des pins maritimes. Il l'avait acheté il y a quelques mois sans en parler à personne. Seule sa secrétaire, qui s'était occupée des démarches administratives, avait été mise au courant. Cet endroit était comme un refuge, un lieu neutre où il se retrouvait seul avec lui-même. Où Giagiá n'avait pas accès à ses placards, où Evann n'oubliait pas ses médicaments, où son travail n'empiétait pas sur sa vie privée, où il n'avait pas de rôle à jouer. Un point d'accroche pour éviter de se perdre, pour garder le cap. N'était-ce pas le principe d'un phare ? D'éclairer le chemin à suivre ? Cette bâtisse avait quelque chose de solide, d'immuable, d'authentique, et Gabriel n'avait rien changé. Ni l'extérieur avec ses façades blanches, ses pierres d'angle en granit et ses moulures sur les corniches, ni l'intérieur spartiate du gardien au mobilier rustique en chêne sombre, ni l'accès à la lanterne rouge par un escalier à vis. Le seul aménagement qu'il s'était autorisé à faire était l'accroche d'un punching-ball dans un coin. Une touche personnelle qui dénotait avec les napperons en dentelle et le poêle à bois, mais qui l'accompagnait partout. Comment aurait-il pu s'en passer ? Pas plus tard que la nuit dernière, il avait eu besoin de se défouler dessus. Et malgré les bleus et les courbatures laissés par son dernier combat, il avait trouvé l'énergie nécessaire. Avec ce sac de sable, la lutte était inégale. À la différence d'un adversaire, lui se présentait toujours face à lui, oscillait autour du crochet pour se rapprocher de ses poings. Inéluctablement, inlassablement. Pas besoin d'esquive, lui ne renvoyait pas les coups. Pas de coups, pas de sang. Et pourtant cette nuit-là, il en avait eu envie. Du sang qui appelle le sang. Un combat à la dure, à la loyale. Comme quand on va nager et qu'on plonge la tête sous l'eau pour crier sa rage. La crise d'Evann avait ravivé cette rancœur, cette haine, et il avait fallu attendre que le jour se lève pour que ses dents se desserrent. Il n'arrivait pas à se l'enlever de la tête, cette pensée qu'il était mauvais. Cette part de violence et de pulsions meurtrières. Il avait grandi avec cette idée, cette soif de vengeance, cette mission d'anéantir, de tuer son père. Quand ce genre de pensées traverse une tête d'enfant, il ne pousse plus de la même façon. Il s'endurcit. Le sol est aride, les racines sont grêles et pourtant il pousse. Le plus droit possible. En s'accrochant à ceux qui restent, en cherchant le soleil.

Assis sur les galets, Gabriel sentit ses muscles se relâcher un à un, l'air remplir à nouveau ses poumons. Était-ce la bonne nouvelle que Marie lui avait soufflée ? La magie du phare ? Sa nuit passée à boxer ? Le footing qu'il venait de faire le long du GR34 ? Le joggeur prit le temps de se poser et de regarder le paysage : le dégradé de bleus qui tapissait la mer à perte de vue, les pins couchés par le vent qui surplombaient les falaises avec cette arche naturelle qui magnifiait le site. Il attrapa un coquillage en forme de carapace d'escargot et fut amusé d'y trouver deux petites pinces qui gigotaient à l'intérieur. Avec Evann, il se souvint qu'ils passaient des heures à collectionner les bernard-l'ermite. Ils avaient même confectionné un vivier dans leur chambre pour les garder près d'eux plus longtemps. Les Bernard, comme ils les appelaient. Ces animaux se sentaient tellement vulnérables qu'ils choisissaient une coquille pour s'y réfugier et se protéger du monde hostile. Un phénomène qui l'avait intrigué, enfant. D'ailleurs, n'était-ce pas pour cette raison qu'il les aimait autant ? Lui et son frère n'avaient-ils pas réagi de la même façon ? Et s'ils appartenaient à la famille des Bernard, eux aussi ? Si leur coquille avait pris la forme d'une maison blanche au toit de tuiles sur la côte de Plougastel-Daoulas ? S'ils avaient choisi comme oreiller la poitrine de Giagiá ou le ventre rebondi de Papouss ? Et le phare du Kador aujourd'hui ? Sans nul doute sa nouvelle coquille. Gabriel sourit et lança le Bernard dans l'eau pour qu'il retrouve sa liberté. Pour une fois, il se refusa à compter le nombre de cailloux autour de lui, le nombre de mouettes qui barbotaient dans l'eau. Et ces grappes cotonneuses qui traversaient le ciel ? Les fidèles nuages magiques de Giagiá, ceux qui donnaient la température et prédisaient le futur. Ils étaient bien trop nombreux pour les compter ! Que dirait l'aquarelliste toujours d'un naturel optimiste ? Elle dirait : « Aujourd'hui s'annonce meilleur qu'hier, et demain meilleur qu'aujourd'hui. » Et peut-être qu'un jour, Gabriel finirait par la croire.

26

Dans la vie, il faut être bon mais pas deux fois !

Ce soir-là, Anna n'eut pas la force de gravir les quatre étages pour rentrer chez elle. Son cosy suspendu à son bras, elle débarqua au *Gobe-mouches* sans trop savoir ce qu'elle était venue y faire.

– Mais regardez-moi qui voilà ! s'égosilla la tenancière. Deux petiots tout assoiffés.

– Affamés plutôt qu'assoiffés, rectifia Anna en s'affalant sur la première chaise libre.

Dans son siège posé sur la table, Andréa avait beau gazouiller et gesticuler pour attirer l'attention de sa mère, celle-ci gardait la tête basse en se retenant de pleurer. Où trouverait-elle l'énergie ? Elle était en train de faire l'inventaire de tout ce qu'il lui restait à faire : le baigner, le mettre en pyjama, lui donner à manger, quand Yvonne s'approcha d'elle, inquiète.

– Y a pas beaucoup de gras là-dedans ! grimaça-t-elle en lui palpant le bras. Une Bretonne sans beurre…

– Est une Bretonne qui meurt, je sais… Justement, tu

n'aurais pas un petit quelque chose à grignoter ? Mon réfrigérateur crie famine !

– Franciiis ! hurla la grosse femme en se retournant vers la porte de la boucherie attenante. Des piiistaches-cacahouèèètes pour la petiote ! De toute urgence !

Les fameuses « pistaches-cacahouètes » du *Gobe-mouches* ! Ce nom de code était connu dans tout le quartier. Quiconque le prononçait se voyait servir une assiette remplie d'andouille et de saucisson. De quoi recharger les batteries d'Anna pour la semaine !

– Merci, je n'ai pas eu le temps de manger à midi. Il a fallu rajouter un bloc en urgence.

Yvonne porta les mains à sa bouche, horrifiée.

– Tu ne m'avais pas dit que tu reprendrais en douceur ?

– En principe, si… Mais je ne sais pas dire non.

– Dans la vie, il faut être bon mais pas deux fois ! Sinon on devient bon-bon et les gens nous mangent… Ne te laisse pas dévorer, ma petiote !

– Bon-bon… j'y penserai à l'avenir, répondit Anna, amusée.

– Vraiment, sauter un repas : c'est un crime !

– À toi, ça ne te ferait pas de mal, gloussa Francis, le boucher en tendant l'assiette de cochonnaille à la jeune affamée.

– Oh ! Tais-toi donc ! pesta Yvonne, à qui les piques de son frère ne pouvaient faire plus plaisir. *Puis elle se pencha vers Andréa qui commençait à grogner* : Et toi ? Qu'est-ce que je te sers, mon chihuahua ? Tu n'as pas encore le droit à l'andouille, hein ?

Sa mère secoua la tête, tout en engouffrant ses pistaches-cacahouètes.

– Non, mais si tu veux lui préparer un biberon, je crois qu'il commence à avoir faim, lui aussi.

Elle n'eut pas besoin de le répéter deux fois, la tenancière avait déjà embarqué son trousseau de clefs et se dirigeait vers son appartement en dandinant du postérieur.

– Et vous autres, n'en profitez pas ! beugla-t-elle vers la rangée d'habitués accoudés au comptoir. Ne croyez pas qu'en mon absence, c'est open bar !

Anna n'avait pas l'habitude de se faire « manger », ce n'était pas ça. Elle épargnerait tous les détails à Yvonne. Mais la patiente arrivée aux urgences en fin de matinée – celle qui lui avait fait sauter un repas – ne pouvait pas attendre. Dès l'instant où l'interne de chirurgie avait eu vent de son histoire, son cas était devenu le sien. De ces missions qui vous font oublier tout le reste : l'heure qu'il est, qui vous êtes, pour ne garder qu'une seule idée en tête : sauver cette femme de vingt-cinq ans. Celle que le Samu venait de déposer entre la vie et la mort. Une voisine alertée par ses cris avait fini par appeler la police et quand on l'avait retrouvée inconsciente, couverte d'ecchymoses, son mari avait déjà pris la fuite. Le scanner réalisé dès son arrivée avait tranché : ce n'étaient pas les coups qu'elle avait reçus sur la tête qui expliquaient son état, mais une hémorragie massive qui inondait son abdomen. L'interne s'était souvenue de la phrase de son chef :

– Face à une fracture de la rate, chaque minute compte. Si ça saigne, on ne réfléchit pas, on enlève tout !

Et Anna n'avait pas réfléchi. Elle s'était habillée à la hâte en ameutant tout le monde autour d'elle, investissant le bloc des urgences et poussant elle-même le brancard.

– Splénectomie d'hémostase, avait-elle crié à qui voulait l'entendre.

Cette femme n'avait pas le droit de mourir. Pas maintenant. Pas comme la mère d'Evann et Gabriel. Celle dont Marie lui avait raconté l'histoire. Combien de temps avait duré l'intervention ? À quel moment son patron était-il arrivé pour l'assister ? Combien de culots de sang lui avait-on transfusés ? La chirurgienne robotisée, shootée à l'adrénaline, n'aurait pu le dire. Le principal était ailleurs : le cœur de la jeune femme ne s'était pas arrêté, sa tension n'avait pas chuté. Et Anna n'avait quitté l'hôpital qu'après en être persuadée : cette femme vivrait. Sans rate certes, avec quelques cauchemars à surmonter, mais elle vivrait ! Et le reste lui paraissait bien futile.

Voilà pourquoi, ce soir, elle n'avait pas le courage de monter. Trop de lourdeur en elle pour se retrouver en tête à tête avec son petit bonhomme. Comment faisait-elle il y a un an ? Quand elle rentrait après les coups de stress de l'hôpital, les drames, les joies immenses ? Elle avait oublié. Comment raccrocher avec son quotidien de mère célibataire ? Occulter les émotions du jour et se montrer pleinement disponible pour Andréa ? L'ambiance « bon-bon » du *Gobe-mouches* lui faisait un bien fou. Cette légèreté qui y régnait, cette impression que rien n'était grave, que tout pouvait être tourné en dérision. Ce n'était peut-être pas la vraie vie mais qu'importe. La vraie vie s'avérait parfois bien injuste. L'histoire de cette femme, l'épilepsie d'Evann en étaient la preuve. Comment allait-il d'ailleurs ? Anna s'en voulut de ne pas avoir encore pris le temps de lui rendre visite. Surtout qu'elle n'avait qu'à changer de bâtiment !

Dès le lendemain, elle se rattrapa en se rendant au troisième étage, dans le service de Marie-Lou.

– Anna ! Comment ça va ? l'accueillit cette dernière avec cette pointe d'inquiétude maternelle qui l'irritait un peu. Je ne t'ai pas vue à l'internat ces derniers jours, tu ne manges pas le midi ?

– Trop de boulot en ce moment.

– Tu as l'air fatiguée… Si tu veux, on peut garder Andréa une nuit pour que tu puisses te reposer.

Anna prit sur elle pour rester souriante et agréable, espérant qu'elle ne lui referait pas le coup du « Si tu prends le monde comme il vient, il te prendra doucement ».

– En fait, je suis venue prendre des nouvelles d'Evann… J'étais là quand il a fait sa crise. Avec Marie, on l'a même accompagné dans le camion du Samu.

– Ah oui, c'est vrai ! On m'a raconté ça… Alors tu seras

contente d'apprendre qu'il sort aujourd'hui. J'attends que son frère vienne le chercher pour lui donner ses papiers.

– Gabriel ?

– Oui, en personne ! confirma-t-elle d'un sourire malicieux. Je suis vraiment curieuse de le connaître !

– Pourquoi ?

– L'ami d'enfance de Marie ! Depuis le temps que j'en entends parler ! Elle m'a dit que tu avais eu la chance de le rencontrer. Apparemment, c'est une longue histoire !

Anna haussa les épaules en rougissant, pas décidée à en dire plus.

Evann était fin prêt à retrouver sa liberté. Arborant son tee-shirt fétiche « Je suis de bonne humeur, alors m'énervez pas ! », il fuyait son lit et proposait ses tours de magie à qui voulait bien l'écouter : les soignants, les agents de propreté, ses amis étudiants en médecine. Même Marie-Lou et Anna n'échappèrent pas à « la carte qui disparaît » et à son tour fétiche des « trois cambrioleurs ». Celui qu'il jouait devant les enfants hospitalisés avec toujours un franc succès.

– Le premier voleur passe par la porte de derrière, déclara le magicien d'un ton énigmatique en plaçant le valet sous le tas, fier de capter l'attention d'un tel public.

Ses doigts fins et agiles bougeaient si vite que les yeux des deux spectatrices n'arrivaient pas à les suivre.

– Le second passe par la fenêtre… Et le troisième par la porte de devant… Regardez, je coupe le jeu trois fois…

Et comme par magie, les valets se retrouvent cernés par les rois !

– Incroyable ! gloussa Marie-Lou en tapant des mains.

– Incroyable, répéta Gabriel en poussant la porte.

Des rires, des cartes, un patient manifestement pas malade, deux blouses blanches manifestement pas médecins. Il ne s'attendait pas à un tel spectacle. En tout cas pas maintenant. Son visage soucieux les détailla tous les trois. Quel mot avait-il employé l'autre jour pour les qualifier ? Tribu. Peut-être n'était-il pas loin du compte…

– Gabriel ! Approche ! l'accueillit chaleureusement Evann en ouvrant les bras, comme s'il ne s'était rien passé et qu'ils s'étaient donné rendez-vous pour boire un verre. Je testais mes automatismes, et bonne nouvelle ! Je n'ai pas dû perdre trop de neurones dans la bataille. Hein, Marie-Lou ? Tu confirmes ? Il t'a bluffé, mon tour de magie ?… *La neurologue approuva d'un signe de tête.* Dis-moi, frérot, vu ta tronche, tu ne veux pas prendre ma place dans le lit ?

Gabriel esquissa un sourire gêné en passant une main nerveuse dans ses cheveux, juste au-dessus de son œil au beurre noir. Celui qui prenait une teinte jaune, entouré de paupières gonflées et cernées par ses nuits tourmentées. Il tendit la main à l'inconnue : la plus petite à taches de rousseur, qui le dévisageait avec curiosité. Son visage souriait tout seul sans avoir besoin de courber les lèvres et il trouva qu'il inspirait confiance.

– En tout cas, comme l'indique son tee-shirt, Evann n'a pas perdu le sens de l'humour, prononça-t-elle pour détendre l'atmosphère.

L'autre – la connue – paraissait embarrassée de voir Gabriel et restait dans un coin à regarder ses chaussures. Avait-elle maigri ou était-ce la blouse qui était trop ample ? Sa frange avait poussé depuis l'autre jour et effleurait ses yeux. Des yeux cachés par de longs cils noirs dont la courbe dessinait ces fameuses virgules. Que faisait-elle dans la chambre d'Evann ? Lui avait-il demandé de venir ? Aux dernières nouvelles, le convalescent n'avait pas spécialement besoin des services d'une chirurgienne. Mais peut-être s'étaient-ils rapprochés, tous les deux… Cette idée le contraria. Il se rappela la démonstration de trompette de son frère pour calmer le petit et les mots qu'il avait eus à l'égard d'Anna : « Épatante et terriblement sexy ! » Sans oublier leur complicité lors du gala de boxe. Pourquoi ne l'avait-il pas remarquée plus tôt ? C'était plus clair maintenant. Il comprenait mieux l'énergie d'Anna à le secourir quand il avait fait sa crise. Pour venir le saluer, lui, elle n'y mettait pas le même entrain. La voilà qui se décidait enfin et Gabriel qui reculait contre la porte, incapable de masquer son trouble. Lorsqu'il interrompit son élan en avançant sa main pour serrer la sienne – froidement, fermement –, les virgules se mirent à trembler légèrement et une expression d'incompréhension traversa son visage.

– L'effet blouse blanche ? bredouilla-t-elle, vexée.

– L'effet tribu plutôt, rectifia-t-il sans que personne puisse l'entendre à part elle.

Un mot dont elle ne comprit pas le sens. Cette tribu de blouses blanches, Gabriel l'avait toujours tenue à distance.

Ces dernières minutes ne venaient-elles pas de lui confirmer qu'il n'y aurait jamais sa place ? L'atmosphère de cette pièce commença à l'oppresser, les cris sourds provenant de la chambre voisine, le va-et-vient des familles dans le couloir.

– Je t'attends à l'entrée, prévint-il son frère avant de sortir aussi vite qu'il était entré, sans un regard pour les deux internes.

Evann finit de regrouper ses affaires et saisit l'ordonnance que lui tendit Marie-Lou en faisant mine de la jeter par la fenêtre.

– Promis ! Je reviendrai dans ton service, plaisanta-t-il.

– Pas comme patient, j'espère !

– Ni comme magicien ! Mon stage en neurologie débute dans quelques mois… Je serai ton externe. L'étudiant le plus calé en épileptologie que tu connaisses !

– Oui, je crois que je n'ai plus rien à t'apprendre maintenant… Bon retour, Evann. Prends soin de toi.

– Et prends soin de Gabriel aussi, ajouta Anna en faisant la moue.

– Lui, c'est une autre histoire ! s'excusa le magicien. Quand tu peux, passe nous voir avec Andréa… Je suis sûr que ça lui ferait plaisir.

Elle acquiesça sans conviction et le regarda partir en se demandant ce qu'il entendait par là. Si ça lui faisait vraiment plaisir de la voir, pourquoi Gabriel s'était-il montré si distant ? L'envie de lui courir après se mêla à celle de le fuir pour toujours. Deux envies contradictoires qui la clouaient sur place, les bras ballants, la bouche en cœur.

Marie-Lou s'approcha d'elle et lui donna un petit coup de coude pour la faire réagir.

– Je peux te donner des cours sur les ours mal léchés, j'en ai un à la maison ! Et un bon ! dit-elle pour la faire sourire.

Sur ce point, Anna lui donnait raison. Songeuse, elle pencha sa tête contre son épaule. La fatigue de ces derniers jours qui pesait, l'impression soudaine qu'elle n'arriverait pas à tout affronter. Pas sans lui. Et la jeune femme souffla doucement sur sa frange pour y voir plus clair.

QUATRIÈME PARTIE

Garde basse

Désigne une organisation corporelle
permettant au combattant
d'une part de se préparer à défendre,
et d'autre part de passer à l'offensive,
les mains portées bas au niveau de la poitrine.
Généralement déconseillée, elle peut s'avérer utile
si le combattant détient une excellente mobilité
et peut miser sur l'esquive. Sert également
de ruse pour faire croire qu'il est fatigué.

« Souris, même si ton sourire est triste, car il existe quelque chose de plus triste qu'un sourire triste, c'est la tristesse de ne pas savoir sourire. »

Proverbe ashanti

27

Comme un chat aux pattes de velours

À la nuit tombée, Gabriel se faufila dans le service de néonatalogie sans faire de bruit, comme un chat aux pattes de velours. Depuis le retour d'Evann, sa vie avait repris son cours normal. Ou plutôt son rythme habituel, car Gabriel n'avait jamais compris ce que le mot « normal » signifiait. Pour lui, tout était une histoire d'équation : il se sentait mieux depuis qu'il avait pu gagner quelques heures de sommeil la nuit, de travail le jour et réussi à se débarrasser de ses courbatures aux épaules, ses chiffres obsédants et ses idées brumeuses. Mais il savait que l'équilibre restait précaire, qu'à tout moment cette règle d'égalité pourrait se déplacer et voler en éclats à la moindre contrariété.

Si le boxeur s'était calmé ces derniers jours, le berceur, lui, avait repris du service. Un rôle qui faisait partie de lui maintenant et dont il avait besoin pour se sentir exister. Surtout qu'une nouvelle mission venait de lui être attribuée. Une mission délicate, de haute importance, avec comme cible un poupon aux yeux clairs, aux joues roses, sans un seul cheveu sur le caillou. Jonas avait dû être opéré dès le jour de sa naissance d'une malformation cardiaque. Les médecins semblaient formels : pour sa bonne récupération et pour ne pas fatiguer son cœur, il ne fallait surtout pas qu'il pleure. Pas une seule minute ! Une recommandation bien surréaliste au vu des douleurs qu'il devait subir : cette immense cicatrice qui cisaillait son thorax, les sondes, perfusions, électrodes qui se dressaient au-dessus de sa tête et les bips stressants du scope qui rythmaient ses journées. Les parents du petit Jonas, qui se relayaient sans cesse à son chevet, commençaient à montrer des signes d'épuisement. L'équipe avait alors pensé à Gabriel pour le créneau du soir : ce moment où les visites se terminent, où les angoisses montent, où les douleurs deviennent lancinantes et entêtantes. Le chat aux pattes de velours avait relevé le défi et, comme toujours, avait pris les choses très à cœur en y mettant de la douceur. Avant d'approcher son nouveau protégé, il commençait toujours par lui expliquer qu'il n'était pas là pour lui faire des piqûres, juste pour passer un moment avec lui. Il se présentait comme un doudou géant, bâti comme un déménageur certes, avec une tête un peu cabossée, mais capable de lui faire des câlins. Très vite, il avait oublié le décor – les murs blancs, les bips, les tuyaux – pour se concentrer uniquement sur le nouveau-né. Il avait appris à le prendre en glissant sa main sous son dos sans lui faire mal. À lui masser le visage – là où il n'avait pas d'aiguille, de fils, de pansements –, à le détendre, à l'endormir même, jusqu'au petit matin. Giagiá lui avait souvent répété qu'un bébé qui n'est pas bercé récupère moins bien, moins vite. Que les câlins peuvent représenter un puissant sédatif contre la douleur. Et cet effet apaisant et thérapeutique du contact humain, il le percevait très bien chez Jonas. Un effet qui le réconciliait avec l'humanité en quelque sorte, lui qui prenait son rôle de berceur comme un privilège.

En quittant le service ce soir-là, satisfait d'avoir rempli sa mission et chargé de ces bonnes ondes, il eut envie de rejoindre Anna pour les partager avec elle. Une envie qui l'avait traversé plusieurs fois aujourd'hui sans compter les brefs instants où il avait pensé à elle. Tout simplement. Pourquoi cette fille l'entêtait-elle à ce point ? Deux virgules qui clignotaient en permanence au-dessus de son crâne comme les bips d'un scope. Comme les battements de son cœur. Était-elle chez elle en ce moment ou de garde à la Cavale-Blanche ? En train d'opérer, les lèvres sous le masque et les mains dans les viscères ? Il avait du mal à l'imaginer. Avait-elle coupé sa frange ? Changé de blouse ? Lui en voulait-elle de l'avoir repoussée l'autre jour ? Avait-elle capté son malaise ? Son casque de moto à la main, il traversa le hall de l'hôpital Morvan, bien décidé à se rendre rue du Bois-d'Amour. Son contact avait-il un effet bénéfique sur lui ? Thérapeutique ? Un peu comme le sien sur Jonas ? Cette idée le fit sourire. L'idée qu'il avait peut-être trouvé la berceuse qui l'aiderait à moins souffrir, à mieux dormir, à retrouver l'équilibre.

Avant de franchir la porte à tambour, un homme avachi devant la machine à café attira son attention. Une veste de cuir recourbée, des mains jointes comme si elles priaient, un crâne aussi chauve que son fils. Il reconnut le père du petit Jonas.

– Encore là ? s'étonna-t-il en s'approchant de lui.

L'homme leva la tête et mit quelques secondes à sortir de ses pensées.

– Euh, oui… J'ai toujours du mal à partir, à le quitter. L'impression qu'il va se remettre à pleurer.

– Il vient de s'endormir. Je crois qu'il est parti pour la nuit.

– Tant mieux… Ne croyez pas que je ne vous fasse pas confiance, ce n'est pas ça. C'est cette angoisse de le perdre, cette culpabilité de rentrer chez moi.

– Je comprends.

– C'est gentil de dire ça… Mais non, je ne crois pas qu'on puisse mesurer la situation avant que ça vous arrive vraiment.

– Vous avez raison. Je voulais juste dire que je comprenais votre fatigue, votre épuisement. Le reste vous appartient.

L'homme le regarda d'une mine interrogative.

– Excusez-moi de vous avoir parlé comme ça… J'ai la rage ! Mon grand problème, c'est que je ne sais pas contre qui me défouler. Mon gosse est né avec le cœur mal branché… La faute à qui ? S'il existait des coupables, ça me ferait un bien fou, mais il n'y a personne ! Juste la fatalité et une foule de blouses blanches qui tentent de conjurer le sort.

– Moi, je ne porte pas de blouse, déclara Gabriel en s'essayant à ses côtés.

– C'est vrai, vous marquez un point... Vous avez le temps de prendre un café ?

Et Gabriel resta. Un café en appela un autre, et les heures défilèrent sans que ni l'un ni l'autre s'en rende compte. Le berceur, happé par les mots de cet homme, mesura ce que pouvait être la douleur liée à la maladie d'un enfant. Sa mission ne pouvait s'arrêter au seuil de la chambre du petit Jonas car la souffrance allait plus loin encore. Comme les nappes de pétrole d'une marée noire, elle n'avait pas de frontières. Les parents, les grands-parents, les frères et sœurs, les amis... L'association de Giagiá avait-elle pensé à eux ? N'avaient-ils pas le droit d'être bercés, eux aussi ? De pleurer sur une épaule ? Gabriel fut profondément ému par l'investissement de ce père, son amour pour son enfant. Était-ce son histoire personnelle – l'absence de père biologique – qui le rendait si réceptif ? En tout cas, cet homme se livra à Gabriel comme il ne l'avait jamais fait auparavant. Sans filtre, sans retenue, avec sincérité. Pourquoi se sentait-il aussi à l'aise avec lui ? Était-ce lié au fait qu'il n'avait pas d'uniforme, pas de réelle étiquette ? Qu'il ne faisait pas de bruit ? Qu'il savait écouter sans rien dire avec une certaine grisaille dans les yeux ? Comme si lui aussi avait connu la souffrance. Celle qui donne l'impression de se battre contre des moulins à vent.

28

L'esquive

Gabriel s'était rendu compte qu'à l'hôpital aucune journée ne se ressemblait. Qu'il y avait des jours *avec* où tout coulait de source et des jours *sans* où tout se compliquait. Impossible de savoir à l'avance. Et les puéricultrices composaient avec cette réalité en gardant toujours leur calme. Une constance qui rassurait le berceur.

– Le corps n'est pas une machine, se plaisaient-elles à dire avec fatalisme. Par moments, va savoir, il sort de l'engrenage, il déraille, il dit « stop » ! À nous d'être à l'écoute.

– Pas facile de comprendre un nouveau-né.

– Je te l'accorde. Des années d'expérience ne suffisent pas à percer tous leurs mystères : une douleur, une angoisse, une fatigue. Quelquefois juste l'envie d'être câliné… Sans parler des effets de la lune chers aux anciens. À ce qu'il paraît, on serait plus irritable les jours de pleine lune. Que veux-tu y faire ?

Gabriel sourit. Pensait-elle à Giagiá en parlant des anciens ? En plus du pouvoir des astres, sa sorcière bien-aimée trouverait sans doute bien d'autres explications à l'humeur des bébés : un voile nuageux passager, un parapluie ouvert à l'intérieur, un bouquet de chrysanthèmes sur le rebord d'une fenêtre… Le berceur fronça les sourcils en détaillant le petit être gesticulant dans son berceau transparent. Quelle forme avait la lune ce soir ? Ronde probablement, cachée par d'épais cumulonimbus, vu l'état d'énervement de Jonas. Bien décidé à ne pas respecter les recommandations des médecins, la colère se lisait dans ses yeux azur. Quelle en était la raison ? Gabriel se creusait la tête : il venait de manger, sa couche était sèche, on avait doublé la dose d'antalgiques… Rien n'y faisait. Jonas ne cessait de geindre douloureusement – des petits miaulements poussifs – sans avoir la force de crier. Aucune position ne lui convenait, même pas le Saint Graal : celle où il était lové contre sa poitrine, entouré de ses bras chauds. Après lui avoir raconté des histoires, tracé des rondes de fourmis avec son index magique, la dernière option qu'il restait à Gabriel, c'était chanter. En poussant les premières notes, il ne se sentit pas très à l'aise. Et si les murs avaient des oreilles ? Si quelqu'un entrait ?

Je voudrais du soleil vert, des dentelles et des théières,
des photos de bord de mer, dans mon jardin d'hiver.
Je voudrais de la lumière, comme en Nouvelle-Angleterre.
Je veux changer d'atmosphère, dans mon jardin d'hiver.

Cette chanson s'imposa à lui. Dans la voix grave et suave d'Henri Salvador, il retrouvait l'accent ensoleillé de sa mère. Ce jardin d'hiver représentait l'espoir, la lumière au bout du chemin. Le petit Jonas aurait-il la chance d'en voir un jour les couleurs ? La gêne se dissipa au moment où le berceur perçut l'effet de la musique sur l'enfant : les clignements de paupières, les soupirs de plus en plus longs, les muscles qui se relâchent.

Je veux déjeuner par terre, comme au long des golfes clairs,
t'embrasser les yeux ouverts, dans mon jardin d'hiver.

Ce fut lors du dernier refrain qu'il la remarqua. Ce n'étaient pas les murs qui avaient des oreilles, mais la porte qui s'était entrouverte. Blouse blanche ouverte sur son pyjama bleu, sabots en plastique aux pieds, chignon déstructuré. Depuis quand le regardait-elle, adossée au mur ? La chirurgienne n'en ratait pas une miette. Si au moins elle avait pu être téléportée dans son jardin d'hiver, le long des golfes clairs. Juste elle et lui. Aurait-il osé l'embrasser les yeux ouverts ? Des papillons dans le ventre et le cœur battant la chamade, Anna n'en revenait pas de la douceur de cet homme. Du charme magnétique qu'il exerçait sur les autres. Sur elle, manifestement. Et quand les yeux surpris du berceur accrochèrent les siens, il s'arrêta net de chanter.

– Continue, l'encouragea-t-elle d'une voix enrouée. Continue !

Il hésita un instant. Que venait-elle faire ici ? Ne travaillait-elle pas à la Cavale-Blanche, l'autre hôpital de la ville ? Il lui sourit en sondant son regard. Un temps de latence si long qu'il vit fleurir des plaques rouges dans le V de son décolleté. Pyjama trop grand, mèches noires s'échappant de son chignon, joues rosies par le froid, la chirurgienne semblait sortir d'un abattoir plutôt que d'un bloc opératoire mais cela n'enlevait rien à son charme. Rien à l'envoûtement qu'elle exerçait sur lui ! À chaque fois, le même tourbillon dans sa tête. Il reprit sa mélodie sans la quitter des yeux – tout bas, juste un murmure – comme s'il chantait pour elle.

Ta robe à fleurs sous la pluie de novembre,
mes mains qui courent,
je n'en peux plus de t'attendre.

Alors que le sommeil gagnait l'enfant, Anna s'imaginait déjà en train de danser, tournoyer, voler sous la pluie. Quand la sonnerie de son téléphone rompit le charme, ses jambes heurtèrent lourdement le sol et sa robe à fleurs se changea en pyjama bleu. Et Cendrillon s'enfuit d'une moue désolée en s'empressant de refermer la porte derrière elle.

– Oui, je t'écoute… Depuis combien de temps ? Et son ventre ? Il est souple ?

L'interne se laissa glisser contre le mur du couloir en menant machinalement son interrogatoire comme si elle récitait une leçon. De toute façon, la fatigue l'empêchait de mettre une quelconque intonation ou émotion dans sa voix. Depuis ce matin, son portable ne l'avait pas laissée tranquille plus de cinq minutes et, comme si elle était prise d'acouphènes, sa sonnerie criarde résonnait en permanence dans sa tête. Étrange comme les cas qu'on lui présentait se ressemblaient : de vagues douleurs abdominales sans signe de gravité. Pas de réelle urgence, pas de quoi opérer.

– Un problème ? s'inquiéta Gabriel, intrigué de la trouver par terre, assise en tailleur.

– Non, c'est toi que j'attendais.

D'un sourire moqueur, il tourna la tête pour vérifier qu'elle s'adressait bien à lui puis l'aida à se relever. Teeshirt bleu de l'association, tatouage dépassant de la manche, sa sensualité la déstabilisa. Pourquoi se sentit-elle si petite face à lui ? Petite, vulnérable, débraillée et désespérément ridicule dans sa tenue.

– En fait, je suis de garde, marmonna-t-elle en remontant son pantalon au-dessus de sa taille pour se donner une contenance. J'avais un avis à donner en pédiatrie et je me suis dit qu'à cette heure-là, tu serais peut-être dans les parages. *Il acquiesça, amusé.* J'ai une proposition à te faire…

Elle avait bredouillé sa phrase rapidement, comme si elle avait peur de le regretter. Pourquoi douter ? Cette idée lui avait pourtant paru lumineuse au réveil ! Mais devant lui, elle lui sembla fantasque. Et voilà que ses acouphènes reprenaient de plus belle. Ses acouphènes, ou le « dring » strident de son satané téléphone ? Elle eut un doute et, d'un geste de la main, lui fit signe de patienter en sortant l'objet bruyant de sa poche.

– Oui ? Je suis déjà au courant, soupira-t-elle. Ton collègue vient de m'appeler, il y a cinq minutes. Comment ça ? Maintenant son ventre est dur comme de la pierre ?… Il a déjà été opéré ? Une cicatrice ? Et les bruits hydro-aériques ? Le toucher rectal ? Et tu lui as demandé s'il avait des gaz ? *Elle grimaça face à l'expression surprise de Gabriel pour s'excuser du thème de ses questions.* Hum, une occlusion sur bride probablement. Tu demandes un scanner et j'arrive. Oui, d'ici une demi-heure. On devrait pouvoir l'opérer sur la garde.

– Un problème de gaz ? la questionna Gabriel, une fois qu'elle eut raccroché.

– Faut croire. Dans ma spécialité, ils ont toujours un pet de travers !

– Chacun son truc… Sans doute une des raisons pour lesquelles je n'ai pas fait médecine.

– Eh bien justement, c'est le berceur que je suis venue chercher, déclara-t-elle enthousiaste en remontant à nouveau son pantalon.

– Des problèmes pour t'endormir, toi aussi ?

Il plongea vers elle son regard ténébreux. Si intense et pénétrant qu'une nuée de papillons frétilla à nouveau dans le ventre d'Anna. Elle fut tentée un instant de lui dire oui et de se réfugier dans ses bras, mais la raison l'emporta :

– Euh ! Non, ce n'est pas pour moi… mais pour Andréa. Je suis à la recherche d'un… baby-sitter. Et…

– Et ?

– Et j'ai pensé à toi !

– Moi, baby-sitter ? répéta-t-il avec un grain de déception dans la voix. Encore Marie qui propose mes services ?

– Non, cette initiative vient de moi… Quand je travaille la nuit, je n'ai pas vraiment de mode de garde. À part ma mère, mon cousin, mes amis… ce n'est pas une solution à long terme.

– Et bien sûr, la solution à long terme, c'est moi ?

Elle rougit et baissa la tête.

– Si tu es d'accord.

– En plus de mon travail, de mes permanences à l'hôpital, tu voudrais que je passe les nuits chez toi ? C'est ça ? … C'est vrai que je commençais à m'ennuyer !

– Désolée… Cette idée était grotesque. Je me suis souvenue de la manière… enfin, tu sais, la façon que tu avais de… alors, j'ai cherché à te revoir. Je m'excuse. Je ne sais pas ce qui m'a pris de te proposer ça.

Son pantalon avait lâché sa taille et tombait sur ses hanches en faisant de petits accordéons jusqu'au sol. Elle se mit à trembler comme une feuille et lorsqu'elle voulut replacer nerveusement son chignon sur le haut de son crâne, celui-ci disparut entre ses doigts, libérant sa crinière noire et brillante. Gabriel déglutit sans pouvoir la quitter des yeux. Il ne savait plus quoi dire et Anna avait perdu sa langue, elle aussi. Comment avait-elle pu pondre une idée pareille ? Était-il juste un berceur à ses yeux ? Avait-elle l'habitude de disposer des gens comme bon lui semblait ? Lui avait-on déjà refusé quelque chose ? Et pourquoi passer du rire aux larmes tout à coup ? s'était-il montré si dur ? La détresse qui se lisait sur le visage d'Anna semblait si intense qu'elle déstabilisa Gabriel.

– Je regrette, dit-il calmement. J'espère sincèrement que tu trouveras une solution.

Elle hocha la tête plusieurs fois sans oser lever les yeux.

– Merci quand même, bredouilla-t-elle la gorge nouée, avant de faire volte-face et de disparaître au fond du couloir.

Le silence et l'obscurité enveloppèrent petit à petit les lieux, et Gabriel restait là sans bouger. Que devait-il penser de la proposition d'Anna ? De sa réaction ? De l'attirance viscérale qu'il ressentait pour elle ? De ses mains qui tremblaient, de ses virgules blessées ? Y avait-il une raison cachée derrière tout ça ? Un prétexte ? Un angle d'approche ? Une excuse pour créer du lien ? Un appel à l'aide ? Il soupira bruyamment en se tapant le front. Comment avait-il pu être assez con pour ne pas le voir ?

Dans ce duel, le boxeur s'était cru sur un ring. Pour éviter le coup adverse, il avait eu recours à l'esquive. Au déplacement du corps, au bref mouvement de la tête. Et si elle n'avait pas cherché à frapper ? Si elle lui avait juste tendu la joue ? Quel con ! Le perdant, dans l'histoire, c'était lui. Il n'avait plus qu'à opter pour la garde dite « tortue » et se couvrir la tête avec ses mains. Ou bien courir pour la rattraper.

29

Berce-moi

Un ventre dur comme de la pierre dont la paroi sursautait au passage de ses doigts comme s'ils étaient chargés d'électricité. Un visage tendu, livide, déformé par la douleur. Anna n'avait fait que confirmer le tableau de péritonite dressé par l'interne des urgences et s'était empressée de prévenir l'assistant chef de clinique pour qu'il la rejoigne au bloc opératoire. Bonne pioche ! Comme partenaire, elle ne pouvait pas mieux tomber pour la garde de ce soir. Avant d'être son chef, ce grand blond aux yeux azur et aux pommettes roses avait longtemps été son co-interne préféré. Gonzo pour les intimes – Gonzague pour les autres – incarnait l'ami fiable sur lequel on pouvait toujours compter. Peut-être pas le plus sage, le plus sobre en soirée, mais passé les murs de l'hôpital, le chirurgien redoublait de sérieux et de professionnalisme. En rentrant d'Argentine, Anna avait été surprise d'apprendre qu'il avait déjà passé sa thèse et grimpé d'un échelon. Comme si elle avait du mal à réaliser qu'en son absence, la terre avait continué de tourner.

– Il paraît que tu reviens de l'hôpital Morvan, l'apostropha-t-il en la retrouvant devant le lavabo pour le rituel lavage de mains.

– Tout à fait, chef !

– Ne m'appelle pas comme ça… tu sais très bien que ça m'énerve !

– OK, chef !

D'un coup de hanche, le grand blond la poussa brusquement sur le côté.

– Un peu de respect, petite peste, sinon je te laisse tenir les écarteurs pendant toute l'intervention !

Et il éclata de rire sous son masque quand elle manqua de s'étaler sur le sol.

– Abus d'autorité et chantage par-dessus le marché ! Je pourrais me plaindre au chef de service !

– Vas-y ! Il sera sûrement content d'apprendre que tu changes d'hôpital en pleine garde… Vas-tu enfin me dire ce que tu es allée faire à Morvan ?

– L'interne de chirurgie infantile avait besoin de mes services, chef ! Un premier semestre… Il était en galère et je lui ai fait un cours express sur l'appendicite.

Gonzo lui balança sa brosse dégoulinante de savon antiseptique.

– Tu te moques de moi ?

– Ha ha ha ! Oui… Laisse tomber, c'est personnel.

– Je suis ton chef quand même !

– Juste quand ça m'arrange !

Gabriel avait couru derrière elle et avait fini par la repérer sur le parking. Avec sa crinière de lionne, ses sabots en plastique et son pantalon en accordéon. Et il l'avait suivie en moto dans les rues de Brest jusqu'à l'hôpital de la Cavale-Blanche. La jeune femme marchait d'un pas décidé quand il l'avait vue passer la porte des urgences, et le motard avait choisi de faire demi-tour. Comment rivaliser avec un ventre sans gaz ? L'interne avait sûrement mieux à faire. Quels mots avait-elle employés déjà ? Occlusion sur bride. Ce que la médecine pouvait être barbare ! Il était rentré chez lui avec l'impression étrange d'être arrivé trop tard. D'avoir manqué un rendez-vous.

Et plus les jours passaient, plus cette impression grandissait. Il ne pouvait s'empêcher de se sentir coupable. N'était-elle pas venue le chercher ? Et juste quand elle osait faire un pas vers lui, il la rembarrait sans vergogne ! Décoder les intentions et les sentiments des autres n'avait jamais été son fort. Gabriel se savait bien plus à l'aise dans la gestion d'une entreprise que dans les relations humaines. Et à chaque fois qu'il croisait cette fille, il ne pouvait s'empêcher d'être maladroit, empoté à son contact. Son désarroi et sa détresse, c'était comme s'il se les appropriait.

Pourquoi Gabriel avait-il décidé de changer son parcours de footing ce soir-là ? D'habitude, il restait au niveau de la mer, longeait la route bordant les hangars portuaires et suivait le défilé des grandes girafes métalliques jusqu'au port du Moulin-Blanc. Une boucle monotone qu'il répétait parfois plusieurs fois en fonction des objectifs qu'il s'était fixés. Une heure, parfois deux, en fractionnant sa cadence avec de courtes accélérations pour augmenter ses performances. D'habitude, il ne s'arrêtait pas dans sa course, ne regardait pas à travers la vitrine d'un bar de quartier, ne levait pas le menton pour repérer une fenêtre ni ne vérifiait s'il y avait de la lumière. D'habitude, il traçait sa route – sa vie – en solitaire. Jusqu'à cette fille aux yeux noirs dans cette chambre de maternité. Pourquoi rechercher constamment sa présence ? Jusqu'à modifier son itinéraire de footing ?

Depuis que Jonas était rentré chez lui, qu'on l'avait libéré des tubes, des fils et des aiguilles, le berceur n'était pas retourné à l'hôpital. Il avait prévenu le service qu'il avait besoin de faire une pause jusqu'au Nouvel An. Jusqu'à ce qu'une autre mission lui soit attribuée et l'accapare totalement. En cette fin décembre, le temps restait doux et humide à Brest. Les nuages opaques retenaient le soleil, et la nuit tombait plus tôt. Gabriel sortait du travail coiffé de sa lampe frontale en soufflant sous le halo de lumière un nuage de vapeur dans l'air froid. Pourquoi, ce soir-là, avait-il choisi de grimper la côte du château et de courir en plein centre-ville ? Cela imposait de slalomer sur les trottoirs, s'arrêter aux feux rouges, faire attention aux trams de la rue de Siam. Quel cap le coureur avait-il en tête ? Une petite rue toute en montée, au nom bucolique qui ne collait pas avec son côté minéral. Ses trottoirs sans arbres, ses immeubles sans fleurs. Dans le square en contrebas, une silhouette attira son attention. Une ombre courbée sur un banc. Deux ombres en fait. Un landau qui tremblait secoué par les cris. Que faisaient-ils dehors à cette heure ? Et voilà que la pluie venait assombrir le tableau. Une bruine fine et fraîche qui vaporisait l'atmosphère et détrempait la chaussée. Détrempait les ombres.

– Anna ? C'est toi ?

Les mains jointes posées sur ses genoux, elle sanglotait les yeux perdus dans le vide et ne semblait pas l'entendre. Quand il s'agenouilla face à elle, qu'il lui éclaira le visage, la jeune femme se protégea en posant une main en visière sur son front.

– Anna… Qu'est-ce qui t'arrive ? Tu pleures ?

Lorsque ses doigts chauds effleurèrent sa joue, elle ferma les yeux.

– Je réfléchis, bredouilla-t-elle.

– Dehors sous la pluie ?

– Je n'avais plus rien à manger, je suis sortie pour faire des courses mais le supermarché était déjà fermé…

– Et c'est une raison pour pleurer ?

– Je ne pleure pas, c'est la pluie. *Deux sourcils froncés sous la lampe indiquèrent à Anna que lui n'était pas dupe.* Je n'y arrive pas, Gabriel, tu comprends ? J'aimerais que les journées soient plus longues pour pouvoir tout faire. Mais en même temps, je suis si fatiguée. Si fatiguée, répéta-t-elle en plongeant son visage dans ses mains.

Le coureur se leva et resta un moment sans rien dire, désarmé par la détresse de la jeune femme. Que répondre à ça ? C'était la première fois qu'Anna faisait tomber le voile et se livrait totalement. Une vérité difficile à accepter. Elle, la battante, la courageuse ! Qu'attendait-elle de lui ?

Et pourquoi se trouvait-il là – en face d'elle – d'ailleurs ? Avait-il ressenti son désarroi à distance pour modifier son parcours ? Tel un phare, c'était comme si le faisceau de sa lampe frontale lui avait montré le chemin, l'avait conduit vers elle. Y avait-il un sens à sa présence ici ? Voilà qu'il hésitait à faire un pas vers elle. De quoi avait-il peur ? De ne pas pouvoir faire marche arrière ? De la blesser à nouveau ? L'enfant gesticulait sous la couverture et l'appelait à l'aide, lui aussi. D'une manière différente, plus rageuse et colérique, avec des éclairs plein les yeux. Une insistance qui conduisit le berceur à le prendre dans ses bras. Ses miaulements de chaton vibrèrent contre sa poitrine puis s'estompèrent peu à peu comme une sourdine sur les touches d'un piano. Le visage encadré de fourrure se tourna vers lui. Un visage impassible, aux virgules noires et brillantes qui se fondaient dans la nuit. Gabriel se demanda alors ce qu'elle pouvait bien penser à cet instant. Pourquoi n'arrivait-il pas à la déchiffrer ?

– Allez, viens, finit-il par prononcer en lui tendant la main.

Lorsqu'il la souleva et l'attira vers lui, elle lui sembla légère. Comme le choix qu'il venait de faire. Une évidence légère qui le fit frissonner. L'enfant et la mère s'agrippèrent à lui et nichèrent leur tête de chaque côté de son cou. Deux souffles chauds qui le guidèrent et l'accompagnèrent jusqu'à l'appartement du quatrième étage.

– Je viens de le coucher, il dort profondément, déclara-t-il en sortant de la chambre d'Andréa.

Anna ne s'était pas découverte et avait pris la même position sur le canapé du salon que celle – quelques minutes plus tôt – sur le banc du square. Gabriel prit le temps de faire le tour de la pièce, d'observer les livres de la bibliothèque, les photos encadrées. Celles qui portaient le regard d'Anna, l'angle qu'elle avait bien voulu leur donner. Les couleurs qu'elle avait figées sur les murs blancs. Et puis il y avait ce tableau immense au-dessus de sa tête, une multitude de papiers collés qui s'imbriquaient entre eux pour former un visage. Son visage. Ses virgules. C'était troublant. Sans lui demander son avis, il lui commanda une pizza.

– La plus épicée que vous ayez… Oui, avec du chorizo et beaucoup d'huile piquante.

– Merci, bredouilla-t-elle, le visage masqué par son épaisse fourrure grise. Mais pourquoi les épices ?

– Pour te donner une autre raison de pleurer. *Elle sourit.* Je vais te laisser maintenant.

Ce n'était pas une question et pourtant, il attendit la réponse avant de franchir le seuil de la porte. Une porte qu'il ne laissa pas se refermer totalement, les doigts soudés à la poignée. Et une fois sur le palier, il ressentit la nécessité de faire demi-tour.

– Pourquoi ?… Pourquoi tu reviens ?

Gabriel vint s'asseoir à côté d'Anna et l'encouragea à enlever son manteau.

– Je ne sais pas, murmura-t-il. Parce que j'ai le sentiment que tu veux que je reste… Et sans doute parce que je suis incapable de te laisser.

– Alors berce-moi.

– Quoi ?

Elle sursauta comme si sa phrase l'avait surprise autant que lui puis pencha sa tête sur son épaule. La même position que tout à l'heure. La même inclinaison. Le même relâchement. Bien sûr qu'elle crevait d'envie qu'il reste ! N'était-ce pas ce qu'elle était venue lui dire l'autre jour ? En s'y prenant comme un manche. Elle se sentait prête. Prête à ouvrir sa porte, ouvrir son univers. Dès leur première rencontre, Gabriel avait franchi la ligne. Sans le vouloir, il s'était immiscé dans son intimité, et Andréa l'avait choisi. Le nouveau-né s'était cramponné à lui, tout comme elle aujourd'hui. Pourquoi cet attachement ? Ce lien viscéral ? Pourquoi lui ? Était-ce lié au fait qu'il ne connaissait rien – ou pas grand-chose – de sa vie d'avant ? Qu'il n'avait pas de leçons à lui donner ? Était-ce son regard sur elle ? Préoccupé, pudique et magnétique. Était-ce la solitude, la fatigue, la peur qui la rendaient aussi vulnérable ? À fleur de peau ? Anna n'avait jamais ressenti cela avant. Avec Eduardo, leur relation était solaire, légère, insouciante, basée sur le rire. Pas comme ça. Pas question d'analyser le tourbillon de sentiments qui se bousculaient et de se culpabiliser. Pas question de soulever sa tête et de quitter cette poitrine rassurante. Anna n'avait qu'une seule certitude : elle avait besoin de lui. Lui et personne d'autre.

– S'il te plaît, Gabriel… berce-moi.

30

Une main de fer dans un gant de velours

Gabriel n'avait pas réfléchi. Il l'avait serrée fermement comme s'il avait peur qu'elle vacille. D'aussi près, elle lui avait semblé fragile. Un poids mouche qui baissait la garde et qui s'abandonnait dans ses bras. Ce corps-à-corps, il ne l'avait pas vu venir. Il n'était plus question de distance de sécurité, d'esquive, plus question de se protéger. Maintenant qu'il sentait sa respiration dans son cou, sa peau contre la sienne, qu'elle s'accrochait à lui en enfouissant sa tête au plus profond de son âme, comment devait-il réagir ? Son corps entra en ébullition. Une sorte de frisson géant qui l'électrisa tout entier. Ses doigts se crispèrent dans le creux de son dos et il se demanda ce qu'ils étaient prêts à faire. La basculer en arrière ? Lui ôter ses vêtements ? Explorer chaque parcelle de sa peau ? Combien de temps allait-il tenir encore ? Son cerveau faisait office de douche froide et lui envoyait des signaux contradictoires : ne surtout pas croiser son regard, sa bouche. Ne pas céder à la tentation. Gommer tout affect. Contrôler ses pulsions. Qu'attendait-elle de lui, au juste ?

Un peu de tendresse ? De réconfort ? Voulait-elle qu'il la berce ? Vraiment ? Comme un bébé ? Qu'il lui chante une chanson ? Voilà bien la première fois qu'une femme lui demandait une chose pareille ! Qui était-il pour elle ? Ses phalanges remontèrent le long de sa colonne vertébrale, lentement, comme s'il caressait un collier de perles. Comment pouvait-elle penser une seule seconde qu'un homme puisse l'approcher, la toucher, sans rien ressentir ? Sans bouillir de l'intérieur ? Se rendait-elle compte de ce qu'elle suscitait en lui ? À quel point elle était désirable ? Quand il atteignit sa nuque, bien cachée sous son épaisse chevelure noire, la lionne poussa un petit gémissement. De ces soupirs sensuels qui échauffent les sens et affolent les esprits. Le berceur venait de trouver le nœud. Le point où toutes les tensions s'accumulent. L'endroit où la peau est plus fine, plus moite, plus douce encore. Il l'effleura de son index puis entreprit sa petite danse habituelle. Sa ronde de fourmis, lente et prudente. Il avait beau la connaître par cœur, sur Anna, c'était comme s'il la dessinait pour la première fois.

– Continue, susurra-t-elle du bout des lèvres, de peur qu'il s'arrête.

Ce mot lui fit l'effet d'une vague qui le ramena sur la terre ferme. Loin au milieu des spirales, le berceur voguait vers d'autres horizons. Combien de temps restèrent-ils lovés, cramponnés l'un à l'autre ? Dans cette pénombre silencieuse qui n'appartenait qu'à eux. Peut-être auraient-ils passé la nuit entière sans bouger si la sonnerie du livreur n'avait interrompu leur étreinte… Qui sait ?

Gabriel ne s'était pas trompé. À peine eut-elle croqué dans sa pizza mexicaine imbibée d'huile pimentée que les yeux d'Anna se mirent à ruisseler. Des larmes qui riaient cette fois, avec des étoiles au fond des pupilles. Il l'observait d'un air amusé et agrippait déjà la poignée de la porte, quand elle leva la tête dans sa direction.

– Je me vengerai, Edward aux mains d'argent, marmonna-t-elle entre deux bouchées, sans chercher à le retenir.

Ce surnom lui était venu comme ça. Non pas qu'il était monstrueux, brusque ou maladroit. Au contraire. Cette douceur que renfermait ce corps de brute, où la puisait-il ? Sa main de fer dans un gant de velours, Anna réalisait son pouvoir. Le pouvoir de ses doigts sur sa peau, de sa peau sur la sienne. Était-il responsable de la vague de chaleur qui traversait son corps ? Ou était-ce juste l'effet du piment ? Alors pourquoi son repas terminé, la sentait-elle encore ?

Gabriel repartit comme il était venu, avec le faisceau de sa lampe frontale qui zigzaguait dans les rues de Brest, comme s'il avait oublié le chemin. On aurait pu croire à une luciole qui papillonnait et tournoyait en suivant le vent. D'où lui venait cette vitalité ? Cette énergie folle ? Il voulut la tester le soir-même dans sa salle d'entraînement. Qu'allait-il être capable de faire avec une telle montée d'adrénaline ? Des kicks aériens, des *one inch punch* à la Bruce Lee ? « Miroir, mon beau miroir… » Dès qu'il s'y confronta, une autre image s'afficha devant lui. Tout sauf celle d'un combattant. Quelque chose avait changé en lui. Quelque chose qu'il n'arrivait pas à définir. Ses membres lui parurent plus légers, ses bras plus souples, ses doigts plus fins, sa démarche aérienne. Cette pratique de *shadow-boxing*, n'était-ce pas une manière de sonder son âme ? S'affronter soi-même, un moyen de mieux se connaître ? Il avait beau donner des coups dans le vide en prenant des airs de méchant, le miroir n'était pas dupe. La rage ne montait pas. Pas besoin de surjouer, il ne ferait peur à personne. Ce soir, le boxeur n'était bon qu'à bercer. « Miroir, mon beau miroir… » Pourquoi cette fille était-elle capable de dissoudre toute tension en lui, toute combativité ? Comme la fois où elle était apparue en plein milieu de son match de boxe. Avec elle, pas besoin de s'imposer, de sauter dans le poster et de se prendre pour Mohamed Ali. Avec elle, il pouvait être lui-même, juste lui-même.

Son reflet lui sourit avant de baisser les poings. Enfin, il avait compris.

31

Le coup des grumeaux

Gabriel frappa à la porte d'Anna dès le lendemain. Tout naturellement, comme s'ils l'avaient convenu ensemble. Simple vérification que tout allait bien ? Terrible envie de la revoir ? Ou nouvelle mission de berceur ? En quoi consistait son rôle, au juste ? Baby-sitter, secouriste de mère en perdition, veilleur de nuit ? Il ne savait pas très bien. Peut-être devrait-il appeler Giagiá pour modifier les statuts de l'association… Et Anna ? Comment le percevait-elle ? Comme un simple berceur ? Depuis une semaine, Gabriel évitait de se poser trop de questions. Combien de temps continuerait-il à se rendre rue du Bois-d'Amour ? Les limites étaient floues.

Ici, pas de chambre surchauffée, de tuyaux, de scope, de petit malade, de sortie programmée, de parents pressés de récupérer leur enfant. Un appartement paisible et lumineux qui sentait bon le parquet ciré et la bougie au parfum de lys et de musc blanc. Un nourrisson en pleine forme qui ouvrait de grands yeux sur le monde, répondait aux sourires, gazouillait dans son bain et finissait par s'endormir sur son biberon. Une grande brune qui ne pleurait plus, mangeait à sa fin et reprenait des couleurs. Une chirurgienne qui levait le pied sur les gardes, apprenait à dire non et s'organisait un peu mieux. Une femme qu'il apprenait à connaître réellement. Sans jeu, ni artifices.

– Toutes ces photos, c'est toi qui les as prises ? la questionna-t-il un soir en pointant du doigt les grands formats alignés sur le mur du salon.

Et spécialement celle du milieu. Avec en gros plan la coque écaillée d'un bateau et des pêcheurs courbés, affairés à décharger leurs poissons. Et au loin, les gigantesques grues s'élevant dans la brume. Anna hocha la tête, fière de l'effet que l'image suscitait.

– Tu reconnais ton quartier ? Le quai en face de chez toi ? Les hangars à bateaux ?

– L'atmosphère, les couleurs au lever du jour, c'est tout à fait ça.

L'ambiance portuaire, son regard sur les gens, les scènes de rue. Il l'imagina flâner avec son appareil photo et se demanda pourquoi ils ne s'étaient pas croisés plus tôt. En découvrant son quotidien, Gabriel avait l'impression d'approcher la vraie nature d'Anna. Et plus il la côtoyait, plus ses manies devenaient prévisibles. Comme ses petits rituels de lavage de mains et sa manière de s'excuser en disant : « Simple déformation professionnelle ». Cette habitude de se regarder dans la glace à chaque fois qu'elle traversait l'entrée au cas où son visage ait changé. Cette façon de souffler sur sa frange pour la faire voler. Cette passion incompréhensible pour les chanteurs folks australiens et sa collection désuète de moulins à café. Mais le plus surprenant était sans conteste son addiction à la cochonnaille ! Toute la cochonnaille sans exception : saucissons, boudins, chichons, coppa, grattons, jambons, jésus, museau, pâtés, saucisses. À toute heure du jour !

– C'est Marie-Lou, mon ancienne coloc', qui m'a initiée. On est tombées raides dingues de l'andouille de Francis ! gloussa-t-elle.

Une phrase qui, hors contexte, aurait pu paraître salace et provocante ; mais depuis qu'il avait goûté à la Guémené du boucher du dessous, Gabriel comprenait mieux les effets euphorisants de ce bout de cochon. Anna l'étonnait de jour en jour. N'était-elle pas la seule femme qu'il connaisse à préférer le gras aux fruits et légumes ? Un péché mignon qui la rendait encore plus mignonne à ses yeux. Pourquoi feignait-elle d'être surprise à chaque fois qu'elle le découvrait sur le palier ? Le même battement de cils, le rose qui lui montait aux joues. C'était comme si elle n'en revenait pas de sa présence, son investissement, sa constance. Venait-il pour Andréa ou pour elle ? Peu importe, elle avait décidé de tout prendre. De lui faire confiance. Où avait-il appris à changer un bébé ? À l'emmener partout avec lui comme s'il l'avait ventousé à son bras ? Avec un tel flegme et un tel naturel. Pas besoin de sac kangourou, juste une branche musclée avec un drôle de nuage dessiné sur le dessus. Une sorte de cumulonimbus traversé par l'éclair qui pointait sous sa manche et qu'on distinguait à peine. Et force était de constater que le petit paresseux s'éveillait de jour en jour sur sa branche. Anna avait l'étrange sentiment d'observer son bébé pour la première fois. De le regarder vraiment. Comme si elle avait eu besoin de cette présence extérieure pour couper le cordon et prendre le recul nécessaire. Pour réaliser qu'il avait grandi.

Une impression qui lui sauta aux yeux un soir au retour des courses en les surprenant en pleine conversation tous les deux dans la cuisine. L'air de trompette qui planait dans l'appartement couvrait le grincement du parquet et elle put s'approcher sans se faire remarquer. Tablier noué à la taille, pieds nus sur le carrelage, Gabriel bataillait avec son fouet devant les plaques de cuisson. Et Andréa, ceinturé dans son transat à quelques mètres de lui, n'en ratait pas une miette.

– Dommage que tu n'aies pas encore de dents pour goûter mes lasagnes ! Tu rates quelque chose, c'est moi qui te le dis !

La voix suave et posée du cuisinier lui parvenait par bribes et Anna fit quelques pas pour entendre ce qu'il disait.

– Tu connais le secret pour réussir une bonne béchamel ? Tu donnes ta langue au chat ? Ah, c'est vrai, j'oubliais, ajouta-t-il en se tapant le front. T'as pas de langue !... Le lait, il faut qu'il soit bien froid et surtout, tu dois prendre ton temps. Le mélanger petit à petit, sinon ça fait des grumeaux... Comme dans la vie, d'ailleurs. C'est Giagiá qui m'a appris ça. Si tu veux que le mélange prenne, éviter les grumeaux, t'as pas intérêt à brûler les étapes. Qu'est-ce que t'en penses ?

L'attraction qu'exerçait Gabriel sur Andréa stupéfia la jeune femme. Le nourrisson ne parlait peut-être pas, mais son corps s'exprimait pour lui. Sa façon de gigoter des pieds pour ponctuer ses phrases, de pousser des « areuh » approbateurs. Elle ne s'était jamais rendu compte que, si petit, Andréa était capable d'interagir avec une grande personne. Avec autant d'expressivité ! Il donnait l'impression de l'écouter vraiment.

– Ha ha ha ! Je savais que ça te plairait, le coup des grumeaux ! s'exclama l'homme au tablier. La prochaine fois, je te raconterai la théorie de Giagiá sur la mayonnaise. Une théorie un peu fumeuse certes, mais…

– Hum ! toussota Anna pour attirer son attention.

Un « hum » qu'elle dut renouveler plusieurs fois pour rivaliser avec la trompette qui pétaradait dans l'enceinte. Gabriel sursauta et son sourire se mua en une expression plus sérieuse.

– Je ne t'avais pas entendue, s'excusa-t-il en se dirigeant vers elle, sa casserole dans les mains. Tu as pensé à la sauce tomate ?

– Oui, oui…

Sa dernière phrase résonna étrangement dans la tête d'Anna. Sans doute la banalité de la question. Douce et rassurante. Une seconde, elle s'imagina en couple. Un couple normal avec un bébé en train de préparer le repas du soir, et cette idée lui fit mal. Très mal. Un bref instant, elle crut voir Eduardo derrière le tablier et sa gorge se noua. Qu'était-elle en train de faire ? Avait-elle le droit de partager des moments d'intimité avec cet homme ? N'était-ce pas trop rapide ? Juste quelques mois après la mort d'Eduardo ? Combien de temps ce sentiment de culpabilité continuerait à l'envahir ? Anna reprit ses esprits et questionna le cuisinier en tentant de masquer son malaise :

– À qui tu parlais ?

– À ton fils.

– Vraiment ? Et il t'a répondu ?

Gabriel fronça les sourcils.

– Parce que tu ne lui parles jamais ?

– C'est un reproche ?

– Non, une question.

Anna haussa les épaules. *Qu'il s'occupe de ses grumeaux, celui-là…* Elle évita son regard moqueur et se dirigea droit vers le petit gigoteur qui réclamait ses bras. Ses yeux curieux lui demandaient une histoire à elle aussi. Une expression qui la désarçonna un peu au début, puis elle entreprit de lui raconter sa journée. Avec tous les détails : ses opérations, ce qu'elle avait mangé à midi, les blagues de ses co-internes, les lubies du patron, l'averse sur son trajet du retour, ses courses… Un débit de paroles désordonné et enthousiaste, comme si elle voulait rattraper le retard. Et pendant ce temps-là, Gabriel empilait ses couches dans le plat à gratin, le sourire aux lèvres. Pâte, béchamel, sauce tomate, pâte…

Anna partageait l'avis de Gabriel : Andréa ratait quelque chose en passant à côté de ses lasagnes ! Et une fois le ventre plein, comme par magie, elle avait oublié les grumeaux.

– Tu ne restes pas ? lui demanda-t-elle alors qu'il enfilait sa veste pour partir.

Quelle excuse pouvait-elle bien inventer pour le retenir ? Un film à la télé, un coup de cafard, un tuyau qui fuyait ? Était-il bricoleur au moins, le berceur ? Un cours de boxe ? Bonne idée, tiens ! Si elle apprenait à boxer ?

– Pourquoi ? Tu as une envie particulière ?

Il plongea ses yeux sombres dans les siens. Des yeux ténébreux et magnétiques qui n'espéraient qu'une chose : deux mots. « Berce-moi. » Edward aux mains d'argent était prêt à recommencer l'expérience. Comme un fruit qu'on a goûté, qu'on rêve de croquer à nouveau. Mais s'il la touchait encore, il risquait de ne plus pouvoir s'arrêter.

– Non, non… pas d'envie particulière, bredouilla-t-elle en secouant la tête, gênée par le désir qui montait en elle.

– Alors à demain.

Sous son casque, le motard baby-sitter-berceur-secouriste-veilleur de nuit-cuisinier souriait tout seul. Il repensait à Anna, aux sentiments qui naissaient en lui, à la vie, aux grumeaux. Une consigne qu'il respectait à la lettre. Car pour prendre son temps, il prenait son temps !

32

Tribord, bâbord, ras bord !

En l'espace de quelques jours, Gabriel avait su apprivoiser et gagner la confiance d'Anna. Avec lui, la jeune femme ne se sentait pas jugée, plainte ou prise en pitié. Avec lui, tout était simple, sans jamais avoir l'impression de l'accaparer ou d'abuser de son temps. Et derrière sa carapace de boxeur impétueux, d'homme sombre et mystérieux se cachait un calme solaire et une force tranquille qui lui faisaient du bien.

– Gabriel ? C'est Anna ! l'avait-elle appelé un après-midi, d'une voix essoufflée qui crépitait au son des gaufrettes qui croustillaient sur sa langue.

– Qui ?... Je n'entends rien, ça grésille, avait-il répondu en souriant derrière son ordinateur.

– C'est Anna ! J'ai un service à te demander... Tu n'es pas obligé d'accepter.

L'interne reprit son souffle en attendant la réponse qui tardait à venir. Elle avait couru jusqu'au hall de l'hôpital pour s'acheter des remontants au distributeur. Pourquoi avait-elle composé son numéro ? Et pas celui de Matthieu ou Marie-Lou ? Elle n'avait pas réfléchi.

– La dernière fois que Marie m'a sorti la même phrase, je me suis retrouvé dans ta chambre de maternité, répondit-il avec un calme déconcertant.

– Ha ha ha ! Oui, c'est vrai !... Là, c'est un peu différent.

– Tu me rassures.

Pourquoi se débrouillait-elle toujours, à chaque fois qu'elle avait quelque chose à lui demander, pour faire autre chose en même temps ? Les coups de téléphone incessants l'autre jour, les mâchonnements nerveux aujourd'hui.

– Bon appétit !

– Désolée, bafouilla-t-elle en engouffrant son dernier gâteau. Pourrais-tu aller chercher Andréa chez sa nourrice et le garder à dormir ? Je dois reprendre la garde de mon collègue.

– Ce soir ?

– Oui... Une gastro fulgurante. Le chef l'attend au bloc et je dois le remplacer au pied levé.

Et au pied levé, une heure plus tard, Gabriel débarqua rue du Bois-d'amour avec Andréa dans sa poussette qui faisait des vocalises en attirant l'attention des passants. Le baby-sitter ne devait faire qu'un saut à l'appartement, juste le temps de collecter quelques affaires pour la nuit.

Pas question de se laisser impressionner par la liste à rallonge et les recommandations de la chirurgienne, il comptait bien improviser et orchestrer les choses à sa façon.

Turbulette, sac de couches : oui.

Body de rechange et chaussons : pourquoi pas ?

Mouche-bébé : non ! Pas d'engin de torture chez lui, les crottes de nez resteraient à leur place !

Gabriel s'apprêtait à quitter les lieux, l'enfant coincé contre son torse, le sac bourré à ras bord dans une main, le lit parapluie dans l'autre, quand il entendit crier à l'unisson derrière la porte :

– C'est nouuus !

Dans ce mélange de voix enthousiastes, il crut en reconnaître une plus familière. Plus aiguë et dissonante. Comme un cri de chouette. Et là, un drôle de sentiment l'anima : celui d'être fautif, de n'être pas à sa place. Comme s'il venait d'être pris en flagrant délit. Délit de quoi ? Cambriolage ? Kidnapping ? Il n'avait qu'une envie : fuir, se cacher dans un placard, mais les « areuh » curieux d'Andréa ne semblaient pas du même avis.

– Ouvre ! tambourina-t-on à la porte. On vient te débaucher ! C'est vendredi soir, tout est permis ! On sait que tu es là ! Ouvre ! Interdiction de te débiner ! Yvonne nous attend en bas et prépare déjà le « gobe-mouches » !

Bon gré mal gré, le berceur finit par tourner le verrou et baissa la tête sous sa capuche en attendant le verdict.

Marie s'arrêta net devant lui, rapidement percutée par Matthieu et Marie-Lou, emportés dans leur élan.

– Aïe ! grimaça la chouette, alors que ses grands yeux ahuris jouaient au ping-pong entre l'enfant et lui. Gaby ? Pour une surprise, c'est une surprise ! Mais qu'est-ce que… Enfin, je veux dire…

– T'emballe pas… Je dépanne seulement. Anna vient de m'appeler, elle est retenue à l'hôpital et elle avait besoin d'un… baby-sitter pour la nuit.

– Toi ? Baby-sitter ? éclata-t-elle de rire.

– Une première, j'avoue.

– Anna aurait pu me demander, intervint Marie-Lou dans un mélange de bienveillance et de déception à la fois.

– Laisse tomber, ma chérie, murmura Matthieu à son oreille, de manière à ce que personne n'entende… Tu n'as manifestement pas les mêmes atouts que ce baby-sitter.

– Tu crois ?

Il acquiesça d'un air sérieusement convaincu puis s'avança en tendant la main au joggeur :

– Matthieu, le cousin d'Anna.

– Gabriel…

– Mon ami d'enfance, renchérit Marie comme si elle voulait marquer son territoire.

– Rugbyman ? s'interrogea Matthieu sur la manière qu'il avait de porter Andréa.

– Non, boxeur ! gloussèrent les deux filles, pleines d'admiration.

Et Matthieu leva les yeux au ciel, amusé par la réaction des deux groupies.

À l'heure de l'apéro, les assiettes de cochonnaille tapissaient les tables et parfumaient le bar de quartier, les ballons de rouge et les chopes de bière s'entrechoquaient pour fêter le week-end dans un joyeux brouhaha de rires, de voix gouailleuses et de raclements de gorge. Une première pour Gabriel, qui – à la place d'Anna – s'était laissé embarquer.

– Comme on dit chez nous : « tribord, bâbord, ras bord ! », s'exclama Yvonne en remplissant les verres alignés sur le comptoir.

– Pas pour moi, merci, je conduis, s'excusa le babysitter en levant la main comme s'il voulait arrêter son geste.

– Un « gobe-mouches » n'a encore tué personne ! s'offusqua la tenancière.

– Sauf les mouches ! rectifia Marie.

– Ha ha ha ! Elle est bonne, celle-là !

Yvonne porta les deux mains sur ses hanches et prit le temps d'inspecter le récalcitrant. Pourquoi ne l'avait-elle encore jamais vu ? *Et que faisait-il avec le p'tiot dans les bras ?* Au moment où il abaissa sa capuche, où les vagues déferlèrent sur ses cheveux crépus, où son regard cuivre croisa le sien, la bistrotière tira la langue et faillit lâcher sa bouteille en plastique.

– À tout problème sa solution !... On ne va quand même pas te regarder te dessécher comme ça ! C'est mal me connaître ! Un si beau gars en plus ! Tu vas avoir droit à un cocktail spécial ! Un sans-alcool.

– Un sauve-mouches ? proposa Marie, qui aimait bien les jeux de mots.

– Ha ha ha ! Oui, bien vu ! Avec du jus d'orange à la place du Picon bière.

– Du Picon bière ?... Merci, on connaît maintenant une partie du secret du fameux gobe-mouches, se réjouit Marie-Lou.

La grosse femme se tapa le front en soupirant bruyamment, tel un ballon de baudruche qui se dégonfle.

– Le petit ami d'Anna me perturbe !

– Le quoi ? éclata l'assemblée.

Sauf Gabriel dont les joues brunes commençaient à tirer vers le rose.

Et pendant ce temps-là, Anna bataillait d'arrache-pied avec une boule de pétanque. Une boule en plastique, bien épaisse, impossible à percer. Qui aurait cru qu'un vulgaire jouet de plage puisse l'occuper toute la soirée ? Vu le nombre de rebondissements aujourd'hui, la chirurgienne commençait à être blasée. Plus rien ne l'étonnait, pas même cette balle encastrée dans le rectum de ce respectable père de famille. À quoi avait-il joué lors de sa pause déjeuner ? Elle préférait ne pas le savoir ! En tout cas, ce genre de patients avait toujours des excuses valables à raconter. Des excuses toutes plus improbables les unes que les autres :

– Elle traînait sur le canapé, je me suis assis dessus. J'ai des vers, j'ai voulu me gratter avec. Un pari avec mon voisin. Mon ami l'a lancé trop fort, elle a atterri directement dans mon rectum...

Bref, le résultat était le même : une fois à l'intérieur, impossible de la ressortir ! Ni forceps ni ventouse ne suffiraient à l'accoucher. Une opération s'imposait en veillant à ne pas toucher au sphincter, sinon il risquait d'être incontinent à vie. Fort heureusement, celle-ci s'était plutôt bien passée.

– Tu la mettras dans l'armoire avec les autres trophées, déclara son chef d'un air goguenard en lui tendant la boule qu'il venait d'extraire.

– Et s'il la réclame ?

– Ils ne les réclament jamais.

Il y avait toute une collection exposée dans la vitrine de la salle de staff : godemichets, leviers de vitesse, bouteilles... Ça tombait bien, manquait la boule de pétanque !

Vingt-trois heures. Anna n'espérait qu'une chose : que cette journée se finisse enfin ! Quelle surprise allait lui réserver cette dernière heure ? Elle croqua dans un sandwich triangulaire sans goût qui sentait le plastique et jeta un œil à l'écran de son téléphone. Matthieu lui avait envoyé une photo qu'il avait pris soin de légender.

« À ta santé, grande cane ! Et à ton baby-sitter sexy qui fait piailler ces dames ! Tu comptais nous le cacher encore longtemps ? »

La chirurgienne se mordit la joue, se demandant que penser de la dernière surprise du jour : Gabriel au sourire pincé, surmonté d'oreilles d'âne signées Marie, Yvonne derrière le comptoir, hilare, qui traînait sa main baladeuse sur l'épaule du berceur, Marie-Lou qui mangeait des yeux le photographe en tenant fermement Andréa endormi dans ses bras.

Il s'en était passé des choses durant l'accouchement de la boule de pétanque ! La crainte se mêla à la curiosité. Comment Matthieu avait-il réagi en tombant sur Gabriel ? Même si Marie-Lou tempérait ses ardeurs, son cousin se montrait imprévisible parfois. Elle plissa les yeux pour mieux discerner les détails. Mieux discerner les pensées de chacun. Quel jugement pouvaient-ils bien porter sur Gabriel ? Sa présence chez elle ? Son rôle par rapport à Andréa ? Quel raccourci pouvaient-ils faire ? Après tout, qu'avait-elle à cacher ? Pourquoi se sentir honteuse ou fautive ? Cette photo, Anna avait beau la regarder sous toutes les coutures, l'agrandir en faisant glisser ses doigts, elle ne perçut aucun air suspicieux. Aucune once d'émotion négative. Bien au contraire. N'y avait-il pas là une bande joyeuse ? Anna réalisa soudain à quel point Gabriel avait modifié sa façon de penser, arrondi les angles, adouci les peurs, apaisé la douleur. De le voir au milieu de ses proches, au milieu de son petit monde à elle, elle mesurait à quel point il était devenu important pour elle.

Essentiel même.

33

Deux hommes et un couffin

– Ohé, du bateau ! chanta Evann en faisant tinter son trousseau de clefs sur la table de la cuisine.

Plongé dans la pénombre, l'appartement lui parut étrangement calme et désert. À travers la grande baie, seuls les halos jaunâtres des lampadaires éclairaient les lieux, telles des boules de feu dans la nuit. Une silhouette gronda près de lui et il faillit lâcher sa housse de musicien en sursautant.

– Gaby ! couina-t-il. Désolé, les potes du Breizh band ont voulu répéter tout le répertoire. Giagiá nous a réquisitionnés jeudi prochain en pédiatrie pour sa fête de Noël et on doit faire quelques adaptations pour ne pas effrayer notre public.

– Tu m'étonnes ! Vous comptez mettre une sourdine sur le tuba ?

– Entre autres, approuva-t-il en appuyant sur l'interrupteur. Qu'est-ce que tu fais dans le noir ? J'espère que tu ne m'attendais pas pour manger ?

– Euh, non… Enfin, si… Je viens de rentrer, moi aussi.

D'un pas nonchalant, le trompettiste alla déposer ses affaires sur le canapé puis revint aussitôt avec une tout autre allure. Celle d'un faune effaré avec des yeux ronds comme des billes.

– T'es au courant qu'il y a un bébé dans le salon ? brailla-t-il en le tirant par le bras pour partager sa découverte.

Une licorne devant la baie vitrée lui aurait sans doute fait le même effet !

– C'est Andréa, le fils d'Anna, annonça Gabriel avec un détachement feint, alors que l'enfant dévisageait avec attention les deux têtes curieuses penchées au-dessus de lui.

– Merci, j'avais reconnu, grogna son frère. Et comme tu ne fais jamais les choses comme tout le monde, avant la femme tu décides de ramener le bébé, c'est ça ?

– T'es con.

– Ha ha ha ! Et sa mère, où est-elle ?

– De garde.

Le musicien sourit à l'enfant-licorne miniature. Celui qui faisait tout petit, perdu au milieu de ces quatre murs de toile et qui ne semblait pas du tout décidé à dormir. Depuis qu'il se sentait observé, Andréa avait un regain d'énergie et agitait ses pattes en s'amusant à faire claquer les pieds métalliques du lit sur le parquet, tout en courbant son dos pour susciter encore plus d'intérêt.

– Mince, grimaça Evann. J'espère qu'Anna t'a laissé un pyjama de rechange, au moins…

Gabriel se demanda un instant pourquoi son frère

paraissait si dégoûté. Peut-être aurait-il dû lui demander son avis avant d'accepter de jouer les baby-sitters… Mais rapidement, il adopta la même expression en découvrant la trace jaunâtre qui auréolait le matelas.

– Aïe… Il va falloir un peu plus qu'un pyjama de rechange, soupira-t-il avec une pointe d'amusement dans la voix.

Gabriel avait vu juste. La marée jaune s'était propagée partout et tout le rouleau d'essuie-tout y passa avant qu'ils se décident à lui donner un bain dans l'évier de la cuisine.

– Pas trop chaude, l'eau, ordonna l'aîné.

– Je fais ce que je peux ! rouspéta le cadet en tentant de maîtriser le jet capricieux du robinet télescopique. Et avec quoi je frotte ? Le côté vert de l'éponge ?

– T'es fou, ma parole ! Prends le grattoir métallique tant que t'y es !

– Je blague ! pouffa Evann, fier de son effet, nettoyant tant bien que mal la glaise collante avec une chiffonnette.

Aussi propre et rincé que les feuilles d'une salade, le petit Andréa ne bronchait pas et se laissait frictionner, manipuler, sans quitter des yeux Gabriel. Ce n'est qu'une fois immobilisé sur le dos entre le grille-pain et le mixeur, enroulé-serré dans la serviette façon maki, qu'il commença à gazouiller. Une petite mélodie qui roulait dans le fond de sa gorge, qu'il modulait à sa guise comme s'il voulait prononcer quelque chose.

– « E.T. téléphone maison », articula Evann en imitant la voix poussive du petit extraterrestre. C'est dingue, on dirait qu'il veut entrer en communication avec toi… Par contre, moi, il ne me calcule pas du tout !

– C'est normal, en ce moment, il me voit tous les jours.

– Tous les jours ? répéta plusieurs fois Evann avant de poser sa paume sur le front de son frère.

– Qu'est-ce que tu fais ?

– Je vérifie si tu n'as pas de fièvre… Non, c'est étonnant. Mon grand frère s'intéresse aux autres… hum ! à Anna surtout… Il joue les papas gagas, m'attend pour dîner. Bref, il deviendrait presque normal.

Gabriel leva les yeux au ciel puis finit d'habiller le petit chanteur.

– On ne va quand même pas le remettre dans son lit avec le matelas tout mouillé, s'inquiéta-t-il.

– Et si on le mettait dans le bac à linge ?

– Le bac en osier de Giagiá ? Tu rigoles ? On ne va quand même pas mettre un bébé dans une corbeille !

– Et Moïse ? Il y a bien été, dans la corbeille !

– T'es complètement dingue.

– De toute façon, on n'a pas le choix ! Et puis ce lit parapluie était bien trop grand pour lui. Écoute-moi, ça s'appelle du système D, on met un coussin plat au fond et le tour est joué.

– T'as entendu, Andréa ? Le tour est joué, commenta Gabriel d'une voix mielleuse en s'adressant à l'extraterrestre. Ne jamais contredire un magicien ! C'est bien connu qu'ils ont toujours plus d'un tour dans leur sac.

Evann éclata de rire en allant chercher le matériel dans la buanderie.

– Je rêve ! Il lui parle, maintenant !… Encore plus gaga que je pensais !

Les deux frères, assis en tailleur, s'appliquèrent à bercer le bébé doucement en bougeant la paroi chacun de leur côté. Et le tour de magie fonctionna à merveille. Pas besoin de trompette, ni de comptine susurrée à l'oreille, Andréa – bien au chaud dans sa turbulette – s'endormit comme un bienheureux dans son couffin d'osier fait maison.

– Tu crois qu'il dort ?

– Quand il lève ses deux mains de chaque côté de sa tête, c'est le signe qu'il est totalement relâché.

– Drôle de pose, on croirait qu'il jure qu'il est innocent.

– Par définition, c'est complètement innocent à cet âge.

– Innocent, fragile et tellement vulnérable… J'sais pas toi, mais moi, ça m'effraie.

Gabriel sourit à la grimace de son frère. Au début, il avait eu le même sentiment, puis il s'était habitué. À côté des prématurés de l'hôpital Morvan, Andréa lui paraissait gigantesque. Avec une telle force, une telle intensité dans le regard qu'il donnait l'impression que rien ne pourrait l'atteindre. Durant toute la soirée, les berceurs gardèrent la même position et continuèrent à balancer le bac, à veiller la licorne, à manger à même le sol sur des sets en bambou. Pourquoi n'avaient-ils pas envie de bouger ? Peut-être pour se convaincre qu'ils ne rêvaient pas. Qu'il y avait bel et un bien un bébé au milieu de leur salon. Un bébé qui s'apprêtait à rompre l'équilibre, à troubler la routine. Un bébé qui leur faisait réaliser qu'ils ne resteraient pas éternellement deux, que la vie leur ouvrait d'autres perspectives. La nuit risquait d'être longue.

Et leurs langues commencèrent à se délier. Un chuchotement – pour ne pas réveiller le petit – qui donnait de la douceur à leurs mots. Depuis quand les deux frères ne s'étaient-ils pas parlé ? Simplement, sans tension ? Était-ce leur petit invité qui favorisait l'échange ?

– J'ai peur, frérot, avoua Evann entre deux conversations. Peur de tomber une nouvelle fois, en plein cours, en plein stage. Cette putain de crise qui ne prévient pas ! Et si elle revenait au mauvais moment ? Sous ma douche, sur mon vélo… Et cette interdiction de conduire pendant au moins six mois qui me rend dépendant de tout le monde ! J'enrage…

Gabriel ne l'avait jamais vu se livrer de cette manière. Sans second degré, sans tour de passe-passe, sans sourire de façade. Lui qui croyait porter pour deux le poids des responsabilités, des contraintes, du passé. Connaissait-il si bien son frère finalement ? Pris au dépourvu, il ne sut quoi répondre. Comment pouvait-il le rassurer de toute manière ? Ses craintes n'étaient-elles pas justifiées ?

– Assez parlé de moi, trancha Evann qui, remué par ses révélations, préférait changer de sujet. Je veux tout savoir sur ta mystérieuse relation. Tous les détails !

– Je ne vois pas de quoi tu parles.

– Gaby ! J'ai joué franc jeu avec toi, alors ne m'embrouille pas ! Je ne suis pas sourd ! J'ai bien entendu que tu voyais ce bébé tous les jours, n'est-ce pas ? *Le berceur opina du chef à contrecœur.* Et qu'est-ce que tu fais le soir chez Anna ?... Tu tricotes ?

– Du baby-sitting, chuchota-t-il, si bas qu'il espérait qu'Evann ne l'entende pas.

– Du quoi ?... C'est ça. Prends-moi pour un débile !

– Chut, moins fort ! le coupa Gabriel en posant l'index sur sa bouche.

– Il dort... C'est toi-même qui l'as dit, grogna son frère en passant sa tête au-dessus du couffin.

Et Gabriel remonta sa capuche en soupirant. Un réflexe de protection quand on touchait à l'intime, à la corde sensible. Après un long silence, il lui raconta son premier contact avec Anna, le coup fumant de Marie, la chambre de maternité, sa réaction initiale et le malaise qui avait suivi. Pourquoi avait-elle changé à son égard ? Qu'est-ce qui l'avait poussée à lui demander de l'aide ? Il ne se l'expliquait pas vraiment. Peut-être avait-il suscité quelque chose. À quel moment cela s'était-il produit ? Il se souvint du combat de boxe, de cette chambre en neurologie. Il y avait eu un enchaînement de rencontres, de télescopages, d'évidences qu'il formulait pour la première fois, sans savoir quels mots utiliser. Que ressentait-il vraiment ? Et quel rôle jouait-il dans cette histoire ?

– C'est pourtant clair, non ? ironisa son frère en l'enveloppant d'un sourire complice.

Gabriel ne releva pas et continua à balancer le bac en silence. D'abord, juste avec la main. Puis ce fut tout son corps qui reprit le tempo. Comme une danse molle de fin de soirée où l'on se demande comment on fait pour tenir encore debout. À combien de bercements était-il depuis tout à l'heure ? Trois mille sept cent cinquante au compteur. On ne le referait pas. La question de son frère résonnait dans sa tête, lui insufflant la bouffée d'air dont il manquait. Et il se mit à sourire, lui aussi, caché derrière son sweat à capuche. Un sourire contagieux, spontané et sincère, qu'il gardait pour lui de peur qu'il disparaisse.

34

Chercher Charlie

Les mains derrière la tête, Gabriel fixait le voile doré qui scintillait dans la nuit. Une nuée de lucioles provenant des lumières de l'Abeille Bourbon éclairait son lit et ses pensées par la même occasion. Pas de séance de boxe ce soir-là, ni de jogging à perte de souffle. Du haut de son perchoir, l'homme veillerait toute la nuit comme une vigie sur le mât d'un bateau. En bas, dans l'obscurité, Andréa dormait paisiblement. Il pouvait aisément surveiller sa petite bouche en cœur et ses longs cils noirs en éventail grâce à un capteur vidéo dernier cri placé tout près de lui. Accompagnant l'image, il y avait ce doux ronronnement de chat, entrecoupé de quelques bruissements quand le bébé gigotait dans son lit. Mais au petit matin, le fond sonore changea – comme s'il venait de modifier la fréquence – et des bruits feutrés, saccadés, vinrent couvrir le tout. Il se pencha vers l'écran en plissant les yeux. Là, derrière la touffe noire de cheveux, un autre visage se dessinait en arrière-plan. Un visage fripé surmonté d'un chignon déstructuré qui dandinait sur place d'un air intrigué.

Comme à son habitude, l'intruse avait commencé par la cuisine. S'occuper du réfrigérateur et des placards faisait partie de ses priorités. Un moyen d'en savoir plus sur leur vie, comme une fenêtre qu'on ouvre. Et en voulant approvisionner les étagères, elle constata rapidement que quelque chose clochait. Que le cycle production-consommation était déréglé, et que manifestement cela venait de Gabriel. Pourquoi n'avait-il pas touché à son far breton ? Celui qu'elle avait concocté spécialement pour lui ? N'avait-il pas dîné là ces derniers jours ? Et les sachets de pâtes qui s'accumulaient. Sans parler des crèmes à la vanille qu'il affectionnait tant. Étrange. Cela ne lui ressemblait pas de modifier ses habitudes. Faisait-il un régime ? Pire, avait-il contracté une maladie ? Après avoir remballé le surplus et noté les denrées manquantes pour la semaine prochaine, la ménagère contrariée alla faire son traditionnel tour dans la buanderie. À cette heure, pas question de lancer une machine, ni de brancher le fer pour une séance de repassage. Juste le petit tri routinier du linge sale, des chaussettes dépareillées et le rangement du reste dans le bac. D'ailleurs, où était le bac ? Le centre névralgique de la buanderie ? Celui où, d'un côté, s'entassaient les survêtements sombres et râpés de Gabriel et, de l'autre, les habits dernier cri et colorés d'Evann ? Comment des frères pouvaient-ils être si différents ? Une question que Giagiá se posait souvent. D'habitude, c'étaient les affaires du boxeur qu'elle se retenait de jeter, mais cette fois ce fut le tee-shirt d'Evann qu'elle regarda de travers.

– Mais quelle horreur ! grimaça-t-elle en regardant l'étiquette.

Quelle marque avait bien pu floquer une chose pareille ? Une tête de mort argentée sur la poitrine de son oisillon ! La vieille femme n'en revenait pas. Comment pouvait-il trouver ça beau ? Un futur médecin en plus ! Sans crier gare, sa paire de ciseaux ripa et entailla la manche sur plusieurs centimètres. Quelle maladroite ! Dommage qu'il soit immettable maintenant ! Et ce satané bac ? Où pouvait-il bien être ? Comme on cherche Charlie, Giagiá se mit en quête du panier en osier. Quelle ne fut pas sa surprise de le trouver par terre au milieu du salon ! Et encore plus de découvrir ce qu'il y avait à l'intérieur !

Gabriel sourit en détaillant l'air médusé de l'intruse. Elle aurait eu des nattes qu'elles se seraient dressées comme des antennes. Quel film était en train de passer dans sa tête à cet instant ? Quelles suppositions pouvait-elle faire ? Vu la lueur de joie et de satisfaction qui se reflétait dans ses yeux plissés, il avait bien sa petite idée. Allait-elle monter dans sa chambre pour vérifier si la mère du petit dormait dans son lit ? Ou allait-elle daigner patienter jusqu'au lendemain ? Elle était capable de tout, sa sorcière ! Même d'avancer sa main pour caresser la joue rebondie du baigneur. Toutes ces heures passées à le bercer gâchées en l'espace d'une seconde ! Il retint son souffle en observant ses lèvres remuer, téter dans le vide puis s'arrondir paisiblement.

– Ouf ! Allez ouste ! du balai ! ordonna-t-il à l'écran comme si Giagiá l'écoutait.

Et la formule magique opéra : la curieuse battit en retraite. À entendre les frottements des coussins du canapé, peut-être pas aussi loin qu'il l'aurait souhaité, mais c'était déjà ça. Gabriel poussa un long soupir de soulagement. Quand un nouveau bruit le mit en alerte – la sonnette de l'entrée cette fois –, il pensa que seules quelques secondes s'étaient écoulées. Il cligna des yeux. Et le grand soleil qui pointait déjà dans le ciel l'assura du contraire. À l'écran, Andréa s'étirait, lui aussi. Comme si le petit mimait le grand.

– Désolée, je suis un peu matinale, s'excusa Anna en tendant un sachet de croissants au fantôme qui lui ouvrait la porte.

– Quelle heure est-il ? bâilla le trompettiste encore endormi.

– Neuf heures et demie… J'ai été libérée plus tôt que prévu.

– Libérée ?

– Le collègue que je remplaçais allait beaucoup mieux ce matin et il m'a proposé d'assurer la visite.

– Ah, c'est bien, bredouilla Evann sans chercher à comprendre le sens de sa phrase.

La chirurgienne fronça les sourcils. Une tête venait d'émerger du canapé avec une cascade de cheveux blancs en bataille encadrant un visage tout plissé qui s'illumina à sa vue.

– Ah ! Je comprends mieux, vous étiez de garde ! commenta la curieuse, tout sourire. J'étais justement en train de veiller votre petit, quel amour !

Le culot ! pensa Gabriel du haut de son perchoir. Le son – sans l'image – suffisait à l'irriter. Surtout que la conversation ne s'arrêtait pas là : la voilà qui l'invitait à prendre place à ses côtés pour un brunch matinal. Qui pérorait entre chaque bouchée et passait d'un sujet à un autre sans laisser Anna en placer une.

– Je vous jure, un bac à linge, ils ne manquent pas d'idées ! Quel beau bébé ! Il est sage comme tout ! Et regardez comme il dévore sa maman des yeux ! Vous vous souvenez de moi ? On s'est vu au gala de boxe… Alors, vous êtes une amie de Marie ? Si vous saviez, je l'ai connue toute petite. C'est elle qui vous a présenté Gaby ? Et vous avez déjà entendu parler de l'association ? J'organise une petite fête de Noël en pédiatrie, vous viendrez nous aider ? On a besoin de bénévoles… Sinon, bientôt en vacances ? Gaby vous a parlé de notre maison dans les Cyclades ? Mon mari est originaire de Sifnos. Vous connaissez ? Depuis sa retraite, il y passe une bonne partie de l'année. On a pris l'habitude de le rejoindre pour les fêtes. Et si vous veniez avec nous ? Il fait doux en hiver. Venez donc passer quelques jours avec le bébé, ça vous fera du bien à tous les deux… Et je suis sûre que Gaby sera ravi !

– Au secours ! gémit l'intéressé derrière son écran.

Lorsqu'il descendit les marches quatre à quatre, torse nu, avec son pantalon de pyjama qui tombait sur sa taille, Anna faillit avaler de travers. L'image du boxeur lui revint à l'esprit. Ce corps sculpté d'une beauté renversante. Ce buste glabre, aux épaules larges et à la taille si fine. Et le comble : les tablettes qui quadrillaient son abdomen avaient la même couleur que le chocolat ! Un chocolat au lait aux éclats de crêpes dentelle. Son préféré. Elle rougit en pensant à l'émeute qu'il provoquerait s'il sortait dans la rue dans cette tenue et s'estima heureuse que ce spectacle lui soit réservé.

– Désolée de te réveiller aux aurores, dit-elle tout haut en allant l'embrasser. Et merci de venir me sauver, dit-elle tout bas, le sourire aux lèvres.

Anna avait choisi son camp ; et instantanément, l'expression contrariée de Gabriel se radoucit. En deux temps, trois mouvements, il maîtrisa la bavarde, la remercia pour tous les bons soins prodigués et lui donna rendez-vous la semaine prochaine pour la fameuse fête de l'association. *Originale, l'idée d'un Père Noël de couleur ; mais non, il ne viendrait pas déguisé. Evann à la rigueur, mais pas lui. Oui, pas de problème pour distribuer les gâteaux…*

– Au revoir, Giagiá ! répéta-t-il plusieurs fois alors

qu'elle s'attardait dans la cuisine pour les dernières vérifications.

– N'oublie pas mon far aux pruneaux ! s'inquiéta-t-elle, la tête dans le réfrigérateur. En vieillissant, ça devient sec et rabougri. Comme moi d'ailleurs. Ha ha ha !

– Au revoir, Giagiá ! Et ne vieillis pas trop vite d'ici jeudi, alors…

Lorsqu'elle s'en alla en roucoulant, on aurait dit une pigeonne empotée qui ramenait ses provisions pour l'hiver. Quel personnage ! pensa Anna en la regardant partir. Et quelle relation fusionnelle les deux frères nouaient-ils avec elle ! Une relation à son image : détonante et pittoresque. Bien qu'à aucun moment le mot « maman » n'ait été prononcé – elle en était persuadée –, il y avait bien un cordon qui reliait ce petit monde. Un cordon chargé d'amour.

– Je l'A-DO-RE ! s'exclama Anna, une fois la porte refermée.

– C'est vrai ?… Si tu la veux sur ton canapé toutes les nuits, on te la prête ! rétorqua Evann, moqueur, qui sortait dégoulinant de la douche, une serviette autour de la taille.

– Tu peux arrêter de te balader à poil dans l'appart' ! gronda son frère en lui balançant un coussin pour le faire reculer.

– On ne peut pas dire que tu sois habillé, toi non

plus… Et de toute façon, Anna est blasée ! Des culs, elle en voit à longueur de journée !

L'intéressée se racla la gorge, amusée par le combat de coqs qui se jouait devant elle.

– Très classe, Evann !

– Pour vous servir, mademoiselle, ajouta-t-il d'une voix mielleuse en lui faisant la révérence.

Une révérence si penchée qu'elle fit glisser le carré de coton à ses pieds et qu'il détala, la main plaquée entre les jambes, en exhibant ses fesses sous les éclats de rire de la chirurgienne.

– Je pensais que tu étais blasée, soupira Gabriel, consterné par l'attitude de son frère.

– Tu ne dois pas t'ennuyer tous les jours. Et moi qui te donne encore plus d'animation en te laissant Andréa !

Anna eut l'envie soudaine de serrer Gabriel dans ses bras. Retrouver l'étreinte de l'autre soir. Sentir sa peau contre la sienne. Effleurer la cicatrice qui pointait sur son flanc. Mais sa moue boudeuse la dissuada de faire les quelques pas qui les séparaient.

– Désolé, murmura-t-il en se frottant la tempe, soudain mal à l'aise de se retrouver dénudé face à elle. On n'a pas l'habitude de recevoir du monde ici… J'enfile un tee-shirt et je reviens, ajouta-t-il en levant sa main pour lui faire signe de rester. *Au cas où l'envie de fuir en courant lui traverse l'esprit.*

35

Et si on jouait à la pétanque ?

Le sourire aux lèvres, Anna écoutait les vocalises mélodieuses du petit homme. Des sons nouveaux naissaient de jour en jour : un cocktail de graves rocailleux et d'aigus perçants, modulés avec entrain. Le dos plaqué contre sa poitrine, l'enfant pédalait dans le vide et inspectait la pièce avec des grands yeux curieux. Tout semblait l'intéresser – le jeu des contrastes surtout : des grandes feuilles du palmier près de la baie vitrée aux arabesques noires du lustre au-dessus de sa tête. Devant tant de vivacité et d'énergie, la jeune femme commençait à douter de la sienne. Serait-elle capable de tenir éveillée la journée entière avec la fatigue qui pesait sur ses épaules ? Les siestes express d'Andréa suffiraient-elles à la requinquer complètement ? D'un coup, Anna n'était plus sûre de vouloir rentrer chez elle et de tout assumer. Si elle s'était écoutée, elle se serait affalée sur le canapé en chien de fusil, cachée sous le plaid soyeux pour sucer son pouce. Une pulsion de retour en arrière, de régression, qu'elle ressentait pour la première fois. Depuis combien de temps ne s'était-elle pas laissée aller ? Ne s'était-elle pas écoutée, ne serait-ce que cinq minutes ? Toujours ce devoir constant d'assurer, de tenir debout, coûte que coûte ! La jeune mère, traversée par ce sentiment d'abattement, sentit que la corde n'était pas loin de lâcher. Elle se demanda quelle excuse inventer pour rester plus longtemps. Qu'avait-il de prévu ce week-end, son berceur ? Courir, boxer ? Comment occupait-il son temps libre ? Si Gabriel connaissait ses habitudes par cœur, de son côté, elle ignorait tout de lui. Avait-il d'autres passions que le sport ? D'autres amis que Marie ? D'autres femmes dans sa vie ? Elle faisait les cent pas dans le salon en attendant que l'homme mystère daigne descendre lorsqu'un objet posé sur l'une des étagères de la bibliothèque vint interrompre ses interrogations. Un coffret en bois avec des cercles gravés sur le dessus qu'elle s'empressa d'ouvrir comme s'il renfermait un trésor.

– Je vois que madame est attirée par les belles choses ! l'aborda Evann, tout pimpant dans son jean slim noir et son tee-shirt destroy floqué d'une tête de mort. C'est un kit de compétition, continua-t-il d'un ton d'expert. De l'acier trempé avec traitement antirebond… bref, ce qui se fait de mieux !

Anna hocha plusieurs fois la tête, admirative devant les trois sphères noires et brillantes qui trônaient dans leur écrin feutré.

– Magnifiques effectivement, ces boules de pétanque ! Je ne savais pas que vous étiez amateurs.

– Amateurs ? Champions, tu veux dire ! En vacances,

on passe notre temps à pointer et à tirer !... Hein, Gaby ? héla-t-il son frère en prenant un accent du Sud.

Lequel apparut quelques secondes plus tard et l'interrogea du regard d'un air méfiant :

– J'ai dû manquer un épisode...

– Anna, tu veux qu'on te montre ce qu'on a dans le ventre ?

– Dans le bras plutôt ! releva-t-elle avec malice.

– Et si on improvisait une petite partie en bas, près du quai ? Chiche ?

– Euh... c'est gentil, mais je passe mon tour j'ai eu mon compte aujourd'hui ! s'excusa-t-elle en souriant, bien décidée à leur épargner l'épisode de la nuit dernière.

Gabriel secoua la tête, excédé par les idées loufoques de son frère, puis se dirigea vers Andréa pour le prendre dans ses bras. Un réflexe qu'il avait pris de ne jamais le laisser seul dans son coin très longtemps. Quelle bonne idée avait-il eue de laisser son survêtement de côté ! se réjouit Anna en le mangeant des yeux. Lui et son pantalon de coton retroussé aux chevilles et sa chemise en lin qui cintrait sa poitrine. Étonnant comme le blanc du tissu contrastait avec la couleur de sa peau et renforçait son teint hâlé. Lumineux, c'était le mot. Un visage qui brillait au soleil ! S'habillait-il toujours de cette manière les week-ends ? Ou était-il attendu quelque part ? Manifestement, Evann se posait les mêmes questions ; mais tout haut, lui, avec un ton légèrement différent :

– C'est carnaval ou quoi ? On dirait un mafioso sicilien !

L'air boudeur du mafieux amusa la jeune femme. On aurait dit un petit garçon qui s'était habillé tout seul un jour de rentrée des classes.

– Moi, je la trouve superbe, cette chemise !

– Merci, bredouilla-t-il, mal à l'aise, en se frottant la tempe.

La tempe et les vagues qui déferlaient derrière elle.

– Je vais y aller, se décida-t-elle enfin, s'approchant pour lui prendre Andréa. Je ne vais pas abuser de ton temps plus longtemps.

– Si tu abusais, je te le ferais savoir, répondit-il du tac au tac, d'un ton plus sec qu'il l'aurait souhaité. Tu as dormi la nuit dernière ?

– Oui, un peu.

– Combien de temps ?

– Deux heures…

Un éclair d'inquiétude traversa le visage de Gabriel.

– Et tu comptes faire quoi ce week-end ?

– Durant les prochaines quarante-huit heures ? Je suis libre comme l'air !… Enfin avec un petit pot de colle, j'entends, précisa-t-elle en se mordant la joue pour ne pas sourire.

– Vraiment ?… Tu veux dire : sans téléphone de garde ? Sans collègue malade ? Sans potes qui hurlent à la porte ?

– Non, rien de tout ça, lui assura-t-elle avec une moue amusée. Si tu as une proposition à me faire, ça tombe bien… C'est à ton tour !

– Pas une proposition… une surprise ! rectifia-t-il avec des étoiles dans les yeux.

Le conducteur l'aurait parié. Anna s'était endormie dès le passage du pont de l'Élorn et, à l'arrière, son petit n'avait pas tardé à en faire autant. S'il avait pu, Evann se serait caché dans le coffre pour être du voyage lui aussi, mais Gabriel avait veillé à ce qu'il ne dépasse pas le seuil de la porte. La partie de pétanque attendrait quelques jours – au sud de l'île de Sifnos, sur le terrain de terre battue, près du petit port de Faros. Il venait de lui en faire la promesse. Le bitume défilait sous ses yeux et la belle endormie ne bougeait pas d'un pouce. Recroquevillée sur son siège, la tête emmitouflée dans son manteau, elle avait décidé de s'abandonner, de se laisser conduire. Une marque de confiance qui le touchait, qui le troublait même. Du coin de l'œil, Gabriel admirait ses longs cheveux noirs dépasser de l'écrin de fourrure et tomber en cascade jusqu'au levier de vitesse. Une vision qui lui rappela vaguement quelque chose. Dans la pénombre d'une chambre de maternité. Un léger frisson l'ébranla et il crispa ses mains sur le volant en se concentrant sur la route. Qu'était-il en train de faire ? L'excitation se mêlait à l'angoisse. Était-ce l'idée de se retrouver seul avec elle ? Presque seul ? De baisser la garde, de se laisser approcher ? Avait-il peur de sa réaction ? Peur de la décevoir ? Peur des sentiments qui se bousculaient dans sa tête ? Le fait d'être lui-même – simplement lui-même – l'effrayait et l'enthousiasmait en même temps. Avait-il réellement envie de l'emmener à

Crozon ? Au bout du monde ? De lui dévoiler son secret ? De partager son repaire de pirates perché à flanc de falaise ? Un repaire qu'il verrait sûrement différemment après eux. Et s'il le regrettait ? S'il était en train de faire la plus grosse connerie de sa vie ?

CINQUIÈME PARTIE

Lâcher-prise

Moyen de libération psychologique
consistant à se détacher du désir de maîtrise.

« Son esprit avait besoin de la solitude et du silence que seule la compagnie peut donner. »

Jane AUSTEN, *Persuasion*

36

À chacun son phare

Le vent soufflait sur la lande quand il coupa le moteur. Un vent du nord qui chahutait le paysage comme la flamme d'une bougie. Gabriel prit le temps d'observer le ballet des pins parasols et les nuages cotonneux de Giagiá qui dansaient autour de la lanterne rouge. Il n'y avait que son phare qui restait immobile. Même sous la tempête, il ne pliait pas ! Quel sentiment étrange de se trouver à son pied en compagnie de visiteurs. Il se tourna vers Anna, qui n'avait pas bougé. Elle paraissait si paisible qu'il n'eut pas le cœur à la réveiller. Gabriel prit soin de laisser un mot sur le pare-brise puis s'éclipsa sans faire de bruit avec son paquetage gigotant sous le bras. Un paquetage, bien réveillé lui, qui se mit à hurler dès que l'air iodé lui frôla les narines.

– Andréa, je te trouve un peu vexant ! Je t'invite chez moi et tu fais la gueule ! grogna-t-il en lui enlevant sa combinaison de spationaute. Bon, j'avoue : il ne fait pas très chaud ; mais dans une heure ou deux, on en reparle ! Tu me laisses une minute que j'allume le poêle ? Non ?

T'es dur en affaires ! le taquina-t-il en l'enfourchant sur son avant-bras. Viens, je t'emmène faire le tour du propriétaire !

Son endroit préféré, c'était dix mètres plus haut : au sommet de l'escalier à vis qui tournait vers le ciel telle une hélice. Depuis son mirador, il pouvait admirer le paysage à trois cent soixante degrés à la ronde. Sans doute ce qui lui donnait l'impression que rien ne pouvait l'atteindre. « *The king of the world* », comme il l'avait gravé sur une petite planche de bois posée près de la lanterne.

– Dans ta courte vie, as-tu déjà vu un truc pareil ? Franchement ! Si ce n'est pas canon !

Gabriel alluma le petit radiateur soufflant électrique et continua à bercer l'enfant, doucement, en balançant son bras comme s'il dansait la valse.

– Hé ! N'oublie pas qu'ici tu es « *The king of the world* » ! Et que le roi du monde, il ne pleure jamais !

Avec la chaleur, l'humidité sur la vitre se dispersa et le panorama devint plus net : le bois du Kador sombre et majestueux d'un côté, le bleu de la baie de Douarnenez de l'autre. Un dégradé de couleurs primaires qui dansaient autour d'eux. Et comme par magie, les sanglots de l'enfant s'estompèrent en même temps que la buée.

– Ah ! Enfin ! Je commençais à désespérer ! Mes oreilles te remercient, se réjouit Gabriel en souriant à la jeune mère qui venait d'apparaître sur la dernière marche.

Celle qui poussa un soupir de soulagement en les apercevant :

– Ah, vous êtes là ! Heureusement que j'ai entendu les cris d'Andréa, sinon je ne vous aurais jamais trouvés !

– Je comprends mieux pourquoi il ne s'arrêtait pas de pigner : il appelait sa maman ! se moqua Gabriel.

Anna cacha subitement ses yeux derrière ses mains.

– Waouh… Ça donne le vertige !

– Ne regarde pas en bas et approche, l'encouragea-t-il en lui prenant la main et en l'attirant vers lui.

Si bien que ce ne fut pas une, mais deux personnes qui se retrouvèrent lovées dans ses bras. Un bras pour chacune. Pas de jaloux.

– Et on a le droit d'être ici, au moins ? bredouilla Anna, le nez dans sa chemise. Qui t'a donné les clefs ?

– Le notaire.

– Le quoi ?

– Ce phare m'appartient.

– Ingénieur, boxeur, berceur, gardien de phare, murmura-t-elle pour elle-même. C'est vrai que ça manquait sur la liste.

Anna décala sa tête de quelques centimètres de manière à libérer un œil – un seul car les deux, ça faisait trop peur – pour admirer le paysage.

– Alors ? Cet endroit te plaît ?

– Où sommes-nous ?

– Devine…

Elle se retourna légèrement – du côté de la mer cette fois – en prenant un air concentré.

– Presqu'île de Crozon ?

– Dans le mille !

– La végétation, les couleurs sont particulières ici… Un air de Méditerranée en Bretagne, tu ne trouves pas ?

En disant cela, elle ne pouvait pas lui faire plus plaisir. Anna avait ce pouvoir-là : de le surprendre, d'être sur la même longueur d'onde. La même longueur d'impressions, d'émotions, de sentiments. Et s'il n'avait pas lâché sa main depuis tout à l'heure, Gabriel la serra plus fort encore. Une pression qui rassura Anna et l'encouragea à ouvrir plus grand les paupières. Des deux yeux cette fois. Et un autre paysage lui vint à l'esprit : celui de l'île de Groix. Avec sa pointe ouest, son phare de Pen-Men et son étendue d'ajoncs en fleur au printemps. À chacun son phare, pensa-t-elle. Tous les deux, à des moments différents de leur vie, ils avaient comme point commun d'avoir connu la souffrance. Celle qui vous terrasse, vous faire perdre tout repère, toute racine. Et si chacun avait besoin d'un phare pour se relever ? Besoin d'un point d'ancrage où se réfugier ? Un jour, c'est décidé, Anna l'emmènerait à Groix. Elle lui présenterait son village de Kerlard, ses oncles Yann et Charly, son ami Josic, la douce quiétude qui y régnait, et il comprendrait ce qu'elle ressentait en ce moment.

– J'ai l'impression d'être déjà venue ici, finit-elle par dire, rompant le silence. Comment s'appelle cet endroit ?

– Le phare du Kador… Il domine la baie de Morgat.

– C'est haut, grimaça-t-elle en baissant les yeux.

– Soixante-quinze mètres au-dessus de la mer, commenta Gabriel, toujours aussi passionné par les chiffres. Et la falaise sous tes pieds se nomme Toull an Diaoul.

– Ce qui veut dire ?

– Le trou du Diable...

– Ah quand même !

– Il existe trois grottes accessibles par la mer : la Cheminée, la Chambre et l'Antichambre de Sa Majesté Cornue.

– Drôle d'idée d'avoir construit un édifice censé guider les marins dans un lieu pareil !

– Je ne suis pas sûr que Giagiá validerait effectivement.

– Tu lui en as déjà parlé ?

– Non, personne ne sait que je viens ici... à part toi.

– À chacun son phare, répéta-t-elle tout bas en frissonnant de tout son long.

Et le silence les enveloppa de nouveau. Le silence, ou presque.

– Écoute le bruit des vagues... Elles viennent de loin, celles-là ! Peut-être même d'Argentine. Qui sait ?

– Pourquoi me parles-tu d'Argentine ?

– Si ça se trouve, elles ont déferlé jusque-là. Tout est possible... Nous sommes au bout du bout, je te rappelle.

– Gabriel, réponds-moi !

Il hésita un instant et déclara d'une voix grave :

– Parce que je ne veux pas que tu croies que je te demande de l'oublier.

Anna prit un peu de recul pour plonger ses yeux dans les siens. Des yeux surpris, inquiets, troublés. Qu'entendait-il par là ? L'oublier ? Comment pourrait-elle l'oublier ? Gabriel plissa les paupières d'une moue désolée comme s'il voulait qu'elle comprenne toute seule.

– J'y pense chaque seconde, soupira-t-elle. Et chaque

seconde, je me demande comment avancer sans lui. Comment m'autoriser à avoir une vie normale… à être heureuse.

– Cette retenue, je la sens quand tu es avec moi.

– Désolée.

– Non, justement, tu n'as pas à t'excuser. Je la comprends et c'est ce que j'ai voulu te dire… La meilleure façon d'avancer, de ne pas te sentir coupable vis-à-vis de lui, c'est d'évoquer son souvenir, d'en parler librement… à Andréa, à moi, aux autres. Il fait partie de toi, que tu le veuilles ou non. Et il continuera à construire ta vie, ton futur… À faire déferler ses vagues jusqu'à toi.

Une larme roula sur la joue de la jeune femme, qu'elle ne chercha pas à retenir.

– Comment tu le sais ?

– On a tous nos fantômes, Anna… On a tous nos fantômes.

Elle se serra contre lui de nouveau. Comment pouvait-il la comprendre à ce point ? Mettre les mots qu'il fallait pour décrire son état d'esprit, son humeur, ses blessures ? Ce gardien de phare était un magicien. Anna sentit son index essuyer ses joues puis relever son menton. Elle sentit son souffle chaud effleurer ses paupières et fondre sur ses lèvres. Un baiser hésitant où rôdaient des fantômes. Un baiser léger comme le vent avec un petit homme gazouillant comme plus proche spectateur. Anna entrouvrit les lèvres, se laissa goûter avant de s'abandonner à son tour. Il y avait comme une urgence dans leur manière de s'embrasser, de se chercher, se découvrir, se perdre et se manquer déjà. Une urgence et une évidence. Mais rapidement, la main potelée du petit spectateur écourta leur étreinte et agrippa une des mèches de cheveux qui pendait devant lui en tirant d'un coup sec.

– Aïe ! cria sa mère, la tête brusquement entraînée en arrière, avant d'éclater de rire.

37

Les détecteurs de métaux

À la tombée du jour, les deux amants retournèrent dans leur donjon de verre munis de coussins et de couvertures, avec l'idée loufoque en plein mois de décembre de passer la nuit à la belle étoile. « *The king of the world* », rien que pour eux. Sans le petit spectateur bien au chaud dans une des chambres du bas. Anna n'avait plus peur : la nuit noire et opaque qui les entourait ne donnait plus le vertige. Et s'ils ne pouvaient plus profiter de la vue panoramique, c'était leur vue – à la lueur de la lanterne – qu'ils offraient aux marins de passage. Mais qu'importe ! Un vent de liberté totale soufflait sur les rois du monde. De liberté et d'abandon. Allongés côte à côte, sous le courant d'air chaud du petit radiateur électrique, ils ne se quittaient pas des yeux.

– Où en étions-nous ? murmura Gabriel avec une voix plus rauque que d'habitude en caressant la joue d'Anna du bout des doigts. Veux-tu que je te berce comme l'autre soir ?

– Me bercer ? Tu veux rire ?... Si tu ne me déshabilles

pas tout de suite, c'est moi qui le fais ! l'alluma l'Esquimaude, plus frileuse du tout, avant de fondre sur ses lèvres et son corps tout entier.

Dans les heures qui suivirent, il ne fut plus question de ronde de fourmis ni de douces spirales mais de lutte charnelle, de corps-à-corps, de besoin d'exister. Pourquoi s'embêter avec des préliminaires ? Ne les avaient-ils pas déjà assez pratiqués ces derniers mois ? Il y avait un côté animal dans leur façon de s'aimer, se toucher, se sentir. Un côté bestial où les cris et les gémissements rythmaient les assauts de l'un ou de l'autre, avec une telle intensité, une telle urgence qu'ils donnaient l'impression de vouloir rattraper le temps perdu.

– Avec toi, l'amour c'est un combat de boxe ! plaisanta-t-elle en reprenant sa respiration.

Gabriel sonda son regard avec inquiétude.

– Je t'ai fait mal ?

– Non, tu m'as réveillée ! gloussa-t-elle avec un sourire radieux. Je commande la même chose après chaque garde.

Rassuré, il ferma les yeux puis lui susurra à l'oreille :

– Tous les jours, si tu veux.

Cette délicatesse, n'était-ce pas ce qu'Anna préférait chez lui ? Sous ses airs d'homme fort, il y avait une certaine fragilité et un manque de confiance en lui. Un trait de caractère qui la définissait assez bien, elle aussi. Mais dans ses bras, elle se sentait l'âme d'une aventurière – comme si tout lui était permis –, même de le pousser brusquement sur le dos, de l'enjamber et de lui plaquer ses deux mains sur les épaules pour qu'il ne puisse plus bouger. Son audace l'amusa et le poids lourd laissa faire le poids mouche sans broncher. Pourquoi n'avait-elle pas pris le temps de le regarder ? Maintenant qu'Anna connaissait chaque recoin de son corps, elle le trouvait plus beau encore. À la lumière de la lanterne, sa peau brune prenait des reflets cuivrés qui perçaient les nuages tatoués sur son bras, et le relief de ses pectoraux dessinait des ombres sur son ventre. Des ombres qu'elle voulut suivre du bout du doigt, en prenant tout son temps pour savourer son plaisir. Ainsi Anna mesurait la douceur de son épiderme et l'effet que ses caresses provoquaient en lui. Chaque trémoussement de paupières, chaque vague de frissons la poussaient à continuer. Et si c'était à son tour de tracer des spirales à n'en plus finir ? À son tour de le bercer ? De l'hypnotiser jusqu'à l'endormir ?

– C'est quoi, cette cicatrice ? s'inquiéta-t-elle soudain lorsque, sur son flanc, son index perçut un relief rugueux.

– Un tatouage pour ne pas oublier.

Le visage de la cavalière s'assombrit.

– Excuse-moi, je ne voulais pas…

– Tu n'as pas à t'excuser, la rassura-t-il avec une voix encore un peu plus rauque en agrippant fermement sa main pour ne pas qu'elle la retire. Enfant, j'ai été marqué au fer rouge… Avec Evann, on a tous les deux hérité des traces du passé ; mais par rapport à lui, on peut dire que j'ai eu de la chance…

– De la chance ? répéta-t-elle d'une moue désolée avant

de se pencher pour embrasser la cicatrice. Je ne pense pas qu'on puisse appeler cela de la chance.

Et ils restèrent lovés l'un contre l'autre jusqu'à ce que le ciel du petit matin s'offre de nouveau à eux. Un ciel contrarié avec des averses qui venaient fouetter la vitre pour les dissuader de bouger. Et peut-être n'auraient-ils pas quitté leurs couvertures de la journée si les miaulements implorants d'Andréa ne les avaient pas rappelés à l'ordre.

Assis sur un banc face à la plage de Morgat, les deux amants cherchaient un moyen de prolonger leur week-end. Qu'avaient-ils vécu de si merveilleux pour redouter à ce point leur départ ? Pas grand-chose pourtant : discuter et refaire le monde au coin du feu, se goinfrer de brochettes de marshmallows grillés, s'amuser à taper chacun leur tour dans le punching-ball et trouver cela fatigant, arpenter la lande entre deux grains et courir contre le vent, organiser des concours de gazouillements avec Andréa et perdre à tous les coups, collecter des bernard-l'ermite à marée basse puis les relâcher aussitôt, rater la recette de far breton de Giagiá puis se rendre compte que c'était une histoire de four. Rien de très exceptionnel. Des choses simples. Et pourtant… En cherchant bien, le regard perdu vers l'horizon, ils arrivaient à la même conclusion : le merveilleux de ces dernières heures ne résidait pas dans ce qu'ils avaient fait ou ne pas fait, mais dans le simple fait d'être ensemble.

Juste tous les trois. Et l'idée d'y mettre un terme en retrouvant leur quotidien les rendait moroses. Elle et son tourbillon de l'hôpital. Lui et sa vie d'insomniaque. Comment allaient-ils faire pour aligner leurs planètes ? Et si leur histoire n'était qu'une douce parenthèse ? Impossible ailleurs ? Ils avaient beau garder le silence, chacun ressentait les doutes et les craintes de l'autre dans la manière d'entrelacer leurs doigts. Serrée puis hésitante, serrée puis hésitante. Comme la lumière clignotante d'un phare.

En cette fin d'après-midi de dimanche, le paysage était désert et le ciel si bas que le gris grignotait la mer. Un gris opaque qui ne faisait qu'aggraver leur spleen. Les amants se croyaient seuls au monde – englués dans leurs pensées – lorsque deux ombres traversèrent la plage pour les distraire. Lentes et monotones, légèrement courbées vers l'avant, avec une perche dans la main.

– On dirait qu'ils jouent au hockey, plaisanta Gabriel pour détendre l'atmosphère.

– Ou plutôt qu'ils marchent avec une canne, mais qu'ils ne savent pas comment s'en servir.

– Tu crois qu'ils vont trouver des trésors avec leurs détecteurs de métaux ?

– Des capsules de bière sans doute.

– Ou la bague en or de leur grand-mère.

– De vieilles canettes rouillées.

– Ou un remède contre la solitude et l'ennui… Ou l'amour peut-être ?

– Tu crois vraiment que ça se trouve dans sable ?

Anna posa sa tête sur son épaule et caressa le petit kangourou recroquevillé sur son ventre.

– Qui sait ?... Il y en a bien qui le trouvent en haut d'un phare.

Et Gabriel sourit en écrasant sa main jusqu'à ce que leurs doigts perdent leur couleur.

38

La complainte du tuba

Evann soufflait dans sa trompette sans quitter des yeux la dizaine de minois rangés en quinconce devant lui. Le meneur du groupe restait sur le qui-vive : si l'un des bambins se mettait à pleurer, effrayé par le bruit tonitruant des cuivres, il avait pour consigne d'abréger le morceau. Ses joues se déformaient en cadence avec sérieux et application, telle une carpe soufflant des bulles d'air dans un aquarium. Quand Giagiá avait présenté la fanfare de la faculté de médecine aux petits patients du service et leurs parents, Evann avait dû la reprendre plusieurs fois :

– Pas fanfare… Breizh band ! On n'est pas là pour faire *pouet pouet, crac boum hue*, mais pour jouer de la musique.

– Hum ! Un tonnerre d'applaudissements pour le Breizh band alors, avait clamé l'organisatrice pour se rattraper. Le Breizh band en personne… qui nous fait l'honneur d'interpréter quelques chants de Noël pour clore cet après-midi. J'en profite pour remercier tous les enfants qui ont participé à la création de ce magnifique conte de Noël. Les tableaux avec leur texte et leurs dessins resteront exposés dans le hall pendant toute la durée des vacances. Allez, place à la musique !

Un peu impressionnés par le jeune âge de leur public et la fragilité qui en émanait, les musiciens n'osaient pas souffler à plein volume dans leurs instruments. Le tuba – habituellement imposant et claironnant – tentait de se faire tout petit. À tel point qu'on aurait dit qu'il jouait du pipeau. Malgré tout, leur version jazz de *Vive le vent !* enthousiasma le public qui se mit à battre la cadence avec les pieds, à taper dans les mains. Et quel spectacle émouvant que cette rangée de petits danseurs au premier rang – aux cheveux clairsemés, aux joues gonflées par les corticoïdes – qui trémoussaient du popotin en oubliant l'espace d'un instant la maladie qui les retenait à l'hôpital. Giagiá brillait de fierté et mangeait des yeux son trompettiste préféré. Vu la passion avec laquelle Evann s'appliquait à faire sourire ces enfants – elle en était persuadée –, il ne pouvait devenir qu'un bon médecin. Un médecin-magicien-musicien avec du rire au coin des yeux. Un médecin qui aurait le savoir mais surtout l'art et la manière de l'appliquer.

– Quelle fête réussie ! s'autocongratulait-elle en disposant les gâteaux sur la nappe en papier colorée devant elle. Quelle fête, mes amis !

Son seul regret : le refus d'Evann et Gabriel de se déguiser en Pères Noël. Elle ne pouvait quand même pas leur demander la lune à ses oisillons ! Déjà qu'ils donnaient tant à l'association !

– Tu nous as regardés ? On va se faire griller en Pères Noël, s'était insurgé l'un.

– Pourquoi ? Je ne vois pas du tout ce que tu veux dire…

– Parce qu'il n'y a que le Père Fouettard à avoir la peau noire et les cheveux crépus, avait ironisé l'autre.

– Eh bien, justement. C'est le moment de bousculer les idées reçues…

Des idées reçues qu'elle ne modifierait pas cette année encore. Comme d'habitude, c'était Papouss qui s'y était collé. Le plus charmant des barbus grisonnants et bedonnants ! Sa femme, qui maîtrisait parfaitement les yeux de biche aux abois, l'avait convaincu de décaler son vol pour la Grèce. Ils partiraient donc tous ensemble dès le lendemain. Retrouver Sifnos pour les fêtes était un rituel. Une manière de se couper du monde, de recharger ses batteries, de saturer ses mirettes de bleu – bleu azur, saphir, marine –, afin d'entamer l'année suivante avec le sourire. Là-bas, dans leur petite ferme dominant le port de Faros, il n'y avait pas de place pour les idées reçues. Noël c'était sans sapin, sans cadeaux, sans dinde ni bûche sur la table. À la place, Papouss préparait son fameux pesk ha farz. Un plat gréco-breton qui faisait le régal de tous ! Une sorte de kig ha farz avec une bouillie de farine de sarrasin, sauf que la viande était remplacée par du poisson. Pas le merlu ni le maquereau bretons, mais d'autres petites merveilles de la mer Méditerranée qui voulaient bien mordre au bout de sa canne : dorades, rougets, loups… Là-bas, Noël se passait – non pas sous la neige – mais sur la plage avec un chauffage à gaz extérieur. Et cette année, Giagiá avait prévu des gros pulls : les *« ugly Christmas sweaters »* qu'elle affectionnait tant. N'était-ce pas une habile façon d'inciter Gabriel à quitter son survêtement et ajouter une touche de couleur à son côté sombre ? Une ruse dont la vieille femme pourrait se passer, finalement. Quelque chose avait changé en lui. Une lueur nouvelle dans ses yeux, une douceur dans ses gestes. Evann l'avait remarqué aussi. Quelles étaient les raisons de cette chrysalide ? L'arrivée d'Anna et d'Andréa dans sa vie ? Son rôle de berceur dans l'association ? La maturité qui le faisait gagner en assurance ? Sans doute un peu de tout ça à la fois. Son oisillon s'était redressé comme s'il n'avait plus honte de son corps. Il ne marchait plus courbé, la tête rentrée dans les épaules. Ne fuyait plus comme avant. Et cerise sur le gâteau, le voilà qui se mettait à porter des chemises ! Certes pas repassées et un peu débraillées, mais bel effort quand même ! Giagiá, faussement appliquée à la découpe de ses gâteaux, l'épiait du coin de l'œil et roucoulait de plaisir. Le gamin taiseux et réservé s'était mué en homme affable qui s'ouvrait aux autres. En écoutant la fin du concert, Gabriel, lui, pensait à Anna. Il aurait tant aimé qu'elle et Andréa l'accompagnent à Sifnos. Et ce n'était pas faute d'avoir insisté. Même Giagiá s'y était mise, elle aussi. Pourquoi l'idée de les quitter – ne serait-ce que quelques jours – lui pinçait à ce point le cœur ? C'était comme s'il les abandonnait.

Comme si ses démons refaisaient surface. Et pendant ce temps-là, le tuba continuait sa complainte en solo. Tout était calme et reposé. On imaginait des yeux qui se voilent. On écoutait les étoiles. On entendait les clochettes tintinnabuler…

39

Va où le vent te berce

Coincée entre le siège auto de Malo et le cosy d'Andréa, Anna cherchait en vain une position supportable pour tenir tout le voyage. Les coudes serrés l'un contre l'autre et les jambes repliées sous sa poitrine, la jeune femme – transformée en sardine en boîte – commençait à regretter son choix. Pourquoi avait-elle accepté la proposition de Marie-Lou et Matthieu de la véhiculer ? Elle aurait largement préféré prendre sa voiture plutôt que d'endurer un supplice pareil ! Le convoi n'avait pas encore dépassé Plougastel-Daoulas que la sardine réfléchissait déjà à un moyen de faire demi-tour.

– Matthieu ! Tu peux dire à ton chien d'arrêter de me baver dessus ?

La mine moqueuse de son cousin dans le rétroviseur l'irrita encore plus.

– Désolé, Écume déteste rester enfermé dans le coffre.

– Et c'est une raison pour me tartiner les épaules avec ses babines baveuses ?

– Écume, arrête de faire ton pot de colle ! intervint

Marie-Lou en tentant de repousser l'animal. Tu peux t'estimer heureuse, Anna ! Avant, il manquait de vomir à chaque virage et on devait s'arrêter toutes les cinq minutes.

– Formidable... formidable, maugréa la jeune femme en s'écartant du siège d'un air dégoûté.

Mais s'approcher de Malo n'était pas dénué de risques non plus et elle eut le droit à une giclée de Pom'Potes® dans les cheveux.

– Malo, non ! cria sa mère en confisquant la gourde vide. On ne joue pas avec la nourriture... Regarde un peu ce que tu as fait à Anna !

– Déjà qu'elle faisait la tronche, commenta le conducteur imperturbable.

– Je ne fais pas la tronche ! C'est juste l'idée d'une fête de famille qui ne m'enchante pas spécialement.

– Pourquoi ?

– Parce que je sais que tout le monde se donnera le mot pour me remonter le moral !

– Non, pas moi ! la contredit Matthieu.

– Toi, c'est différent.

– Tu veux parler de ta mère et sa manie de te faire des câlins comme si t'avais cinq ans ?

– Entre autres... ou de Charly qui va me gaver pire qu'une oie, comme si le malheur était capable de passer en mangeant.

– Et Écume qui va continuer à te prendre pour un Esquimau et à te léchouiller à longueur de journée, plaisanta Marie-Lou.

– Ah, non ! Pitié, pas ça ! gémit Anna en relevant sa capuche pour se protéger des assauts des uns et des autres. Et si on faisait demi-tour ? Pas sûre de vouloir fêter Noël, cette année.

– Je te comprends… J'ai toujours pensé que ce genre de réunion ne servait à rien !

– Comment peux-tu être aussi cynique ? s'offusqua Marie-Lou. La première année où ton fils va réaliser qu'il a des cadeaux !

– Tu paries ? Ce qui va le plus l'intéresser, c'est dégommer les boules du sapin et déchirer les papiers ! Non, vraiment, ces fêtes de Noël ne font plaisir qu'aux vieux, aux gosses et aux mères de famille, se moqua Matthieu avant de se faire bousculer par sa voisine – mère de famille et fière de l'être.

– T'as remarqué aussi ? approuva Anna. Ces moments sont toujours réservés à ceux qui vont bien. Mais quand tu en baves, que tu n'es pas dans le moule, ça ne fait qu'appuyer là où ça fait mal et te renvoyer à ta solitude…

Le conducteur la dévisagea avec une lueur d'inquiétude dans les yeux.

– Tu n'es pas seule, Anna… Tu le sais, au moins ?

L'intéressée haussa les épaules et enfouit sa tête sous sa capuche, sans prêter attention à la main réconfortante de Marie-Lou posée sur ses genoux.

Combien de temps avait duré le trajet ? La voiture venait de s'arrêter à un feu rouge quand Anna se décida enfin à sortir de sa planque. Avait-elle somnolé ou laissé filer ses pensées si loin qu'elle n'avait pas fait attention à la route ?

– Matthieu, tu te trompes ! réagit-elle soudain en voyant s'ériger les immeubles de Lorient. L'embarcadère pour l'île de Groix, c'était tout droit. Là, tu prends la direction de la gare… Houhou ! Tu m'entends ? insista-t-elle devant le manque de réaction du conducteur. Je te dis que tu fais fausse route !

– Lequel de nous deux fait fausse route d'après toi ? la défia Matthieu depuis le rétroviseur en échangeant un sourire complice avec sa voisine.

– Euh… toi, fit Anna d'une voix plus hésitante. À moins que…

– À moins que ?

– Ça ne soit un guet-apens !

– Un guet-apens pour te redonner le sourire.

– Mais vous êtes fous !

Et le mot « fous », intérieurement, voulait dire « formidables ». En une phrase, Matthieu venait de lui donner le courage d'avancer. D'avancer, ou plutôt de faire demi-tour. Quelle serait l'étape suivante ? Anna n'aurait plus à se poser la question. Celle qui la taraudait il y a quelques mois en arrivant à Brest. Tout était différent, maintenant qu'un gardien de phare l'attendait au bout du chemin.

– Sympathique comme point de chute pour fêter Noël, non ?

Marie-Lou, triomphante, se retourna pour lui montrer

le plan sur l'écran de son portable. Et comme par magie, un croissant de terre apparut au milieu du bleu de la mer Égée. Comment ces deux conspirateurs avaient-ils fait pour trouver la destination ? Avaient-ils géolocalisé Gabriel sur leur téléphone ? Ou était-ce Marie qui avait lâché le morceau ?

– On reste sur l'idée d'une île… mais un peu plus exotique que Groix ! continua l'agent de voyage, tout excitée. J'ai tout réservé : le train, l'avion…

– Ça m'aurait bien fait marrer de t'emmener en bateau… mais là, ça fait un peu loin, plaisanta Matthieu en se garant devant l'immense hall de verre et de bois. Ne traîne pas, tu vas réussir à louper ton train !

Et pourtant Anna ne se décidait pas à partir. Son cosy dans une main et sa petite valise dans l'autre, elle n'avait plus de bras pour enlacer son cousin.

– J'espère que Charly ne m'en voudra pas. Maman sera inquiète, je suis sûre… Tu leur expliqueras ?

– Arrête de te préoccuper des autres pour une fois et pense à toi !

– Noël prochain, promis… on le fêtera tous ensemble, ajouta-t-elle en s'approchant pour l'embrasser sur la joue.

– Je t'ai déjà dit ce que je pensais de Noël, la gronda-t-il avec un sourire insolent. Tu veux un conseil de marin ? Va où le vent te berce… Va où le vent te berce et fais-toi confiance.

Anna plissa les yeux pour lui signifier qu'il ne pouvait pas lui prodiguer meilleur conseil.

– Merci, dit-elle la gorge nouée avant de tourner les talons.

Et tout se passa comme si le vent lui donnait raison. Avec de douces rafales qui la poussaient dans le dos.

40

Comme si la beauté des choses était invisible

– Tire plein fer, Gaby ! lui conseilla Papouss d'un ton expert en plissant les yeux en direction du cochonnet.

– Non, je ne préfère pas. Le terrain n'est pas assez sec et le vent est contre moi.

– Tu viens de faire un calcul dans ta tête, c'est ça ? se moqua Evann en prenant à partie Giorgio, son partenaire local, bien décidé à gagner la partie lui aussi. Le carré de l'hypoténuse…

– Parabole ou hyperbole plutôt, précisa le lanceur avec un sourire insolent, avant de se décider à jeter sa boule vers le ciel.

Et quelques secondes plus tard, le Père Noël – qui avait troqué son déguisement contre un pull du même rouge avec un gros renne dessiné au milieu – s'écria en sautillant sur place comme un enfant.

– Carreau ! Il l'a fait ! Il l'a fait !

Et le pompon à la place du museau du renne sautilla avec lui.

– J'hallucine, pesta Evann, couvert de son *« ugly*

Christmas sweater » lui aussi. *Orange carotte avec un gros chien qui tirait la langue.* J'espère que le vent ne t'a pas trop gêné !

Gabriel s'avança pour mieux visualiser son exploit et eut envie de tirer la langue à son frère – comme le chien.

– J'ai eu de la chance sur ce coup-là !

– Et sur ce coup-là ? l'interpella Giagiá depuis la plage, avec un sourire jusqu'aux oreilles.

Attablée sous le tamaris, la femme pointait du doigt le taxi qui venait de faire irruption sur le quai. Là où une silhouette en manteau d'Esquimaude était justement en train d'en sortir avec un cosy qui se balançait au bout de son bras. C'était plus fort qu'elle, quand il manquait quelqu'un, Giagiá passait son temps à guetter les voitures jaunes porteuses de bonnes nouvelles. Et depuis qu'ils avaient installé leurs affaires, aéré la maison, fait le ménage en grand, acheté quelques courses au marché, fait réviser le moteur du bateau, avec Papouss, ils avaient senti qu'il manquait quelqu'un. Au regard inquiet de l'aîné, aux coups d'œil curieux du cadet. Au silence de l'un et à l'agitation de l'autre. L'absence planait comme un fantôme au-dessus de leurs têtes. Et la voilà – ou plutôt les voilà – qui se présentaient, avec un peu de retard.

Avant de faire un pas, Anna prit le temps de s'imprégner des lieux. Tout était comme elle se l'était imaginé : le blanc éclatant de la chaux sur les façades des maisons, le bleu délavé des volets, les collines vertes avec les cultures en terrasse qui quadrillaient les champs. Les bateaux aux coques multicolores alignés contre le quai et, au loin, le monastère perché au-dessus de la mer. Anna se demanda si Gabriel était abonné aux décors féeriques ou si c'était lui qui les rendait magiques. Comme seule adresse, elle avait ce petit port au sud-est de l'île. Cette anse aux eaux translucides. Mais où était donc son phare ? Anna se décida à longer les restaurants le long du quai. La plupart étaient fermés en cette saison. Des terrasses vides où la végétation prenait le dessus, comme ce tamaris dont le tronc s'était assis sur le carrelage poussé par le vent, et ces oliviers centenaires qui étendaient leurs racines jusqu'à la plage. Les hommes avaient déserté les lieux, eux aussi. Au loin sur la jetée, elle aperçut quelques pêcheurs qui réparaient leurs filets et du côté de la plage, un homme qui marchait dans sa direction. S'il n'avait pas été vêtu de rouge, elle aurait juré qu'il s'agissait de Gabriel. Grand, nonchalant, taille fine, épaules larges, longs bras qui balançaient comme s'il brassait l'air. Plus ils avançaient tous les deux, plus la ressemblance devenait frappante et obsédante. L'avait-on prévenu de son arrivée ? Était-ce possible que leurs retrouvailles soient si faciles ? Quand le soleil – qui déclinait à l'ouest – rasa la colline, illumina son visage et déposa de l'or sur sa peau, la ressemblance devint une évidence.

Gabriel tapa joyeusement la main de Papouss. La partie était pliée. Evann et Giorgio accusaient le coup. Il avait bluffé puis tenté l'impossible sans y croire. Et voilà qu'il n'était pas au bout de ses surprises. Anna. Andréa. Comment avaient-ils fait pour venir jusqu'à lui ? Les avait-on accompagnés ? Leur était-il arrivé quelque chose ? Le berceur, inquiet, marcha vers eux comme un automate. Avec la même impression ressentie quelques jours plus tôt, quand il les avait amenés dans son phare. Une impression de rêve éveillé, d'émotion intense, de vertige même. Et il activa ses bras pour aller plus vite. Si vite qu'il dut ralentir le pas pour ne pas la percuter.

Pendant ce temps, Papouss s'était rapproché de Giagiá et la serrait contre lui.

– Dis donc, vieille sorcière… tu vois ce que je vois ?

– Je n'en rate pas une miette !

– La petite, elle en a mis du temps à se décider. J'ai bien cru qu'elle allait rater mon pesk ha farz !

– La loi de l'attraction, commenta-t-elle en poussant un soupir d'extase. Si ce n'est pas merveilleux !

– Comment tu appelles ça déjà ?

– De l'amour beurre-sucre… comme la crêpe.

– Ah oui ! C'est vrai… Et là ?

– Ça m'en a tout l'air, vieux brigand… Ça m'en a tout l'air !

– Salut ! prononça Anna le sourire aux lèvres, en détaillant son affreux pull de Noël.

Le bonhomme de neige au bonnet rouge et aux trois

pompons noirs en guise de boutons souriait lui aussi. Et Gabriel eut une moue penaude comme s'il venait de réaliser qu'il était déguisé. Lorsqu'il tenta de se débarrasser de son pull en se trémoussant, en ondulant comme une anguille et en butant au niveau du passage de la tête, Anna éclata de rire et se demanda ce qui la faisait le plus craquer : l'homme ? Sa maladresse ? Ou le fait qu'il ignorait totalement à quel point il était charmant et touchant ?

– Salut ! Bienvenue dans mon jardin d'hiver, finit-il par prononcer, une fois libéré de sa camisole.

Le jardin d'hiver. Anna repensa à la chanson qu'elle l'avait entendu fredonner à l'hôpital. À la tendresse de ses gestes vis-à-vis de l'enfant qu'il berçait, à la douceur de ses mots.

– Rappelle-moi… On y fait quoi dans ton jardin d'hiver ? le défia-t-elle du regard.

Deux virgules curieuses, pleines de gourmandise.

– On déjeune par terre comme au long des golfes clairs… On s'embrasse les yeux ouverts, lui souffla-t-il en se penchant pour approcher ses lèvres.

Il se demanda comment son parfum de lys et de musc blanc avait pu la suivre jusque-là et il aspira son souffle comme s'il manquait d'air.

– Tu triches, tu fermes les yeux, plaisanta-t-elle entre deux respirations.

– Je ne peux pas m'en empêcher… Quand je pense, je rêve, je fais la même chose.

– Comme si la beauté des choses était invisible.

– Alors qu'elle se trouve devant moi.

LE MEILLEUR POUR LA FIN

Les recettes

Le « Gobe-mouches »
Dans un shaker,
mélanger 5 cl de Martini,
5 cl de rye whisky,
1 trait de Picon bière,
2 glaçons.

Le « Sauve-mouches »
Dans un shaker,
mélanger 4 cl de jus d'ananas,
4 cl de jus d'orange,
4 cl de jus de citron,
4 cl de sirop de grenadine.
Verser dans un verre rempli de glaçons
et compléter avec du ginger ale
(soda à base de gingembre).

Le remontant de Gabriel
5 cl de sirop d'agave,
2 citrons pressés,
80 g de crème d'avoine,
½ pincée de sel,
1 cuillerée d'acérola.

La sauce béchamel de Gabriel

50 g de farine
50 g de beurre
60 cl de lait
Sel, poivre, muscade râpée

Faire fondre le beurre dans une casserole.

Ajouter la farine et remuer avec une cuillère en bois sans faire colorer la sauce.

Verser le lait très progressivement, sans cesser de remuer pour éviter les grumeaux, jusqu'à ce que la sauce épaississe.

Assaisonner.

Le far breton de Giagiá

200 g de farine
150 g sucre
4 œufs
2 paquets de sucre vanillé
75 cl de lait
20 pruneaux

Préparer la pâte en mélangeant farine, lait, sucre, sucre vanillé et œufs.

Laisser reposer 1 h.

Verser la pâte dans un grand plat beurré.

Y ajouter les pruneaux roulés dans la farine pour qu'ils ne tombent pas au fond.

Faire cuire 30 min au four à 200 °C, puis éteindre le four et laisser au chaud 30 min encore.

Le gâteau breton d'Yvonne au sarrasin et aux poires

6 jaunes d'œufs
1 œuf entier pour la dorure
350 g de farine blanche
150 g de farine de blé noir
350 g de sucre semoule
350 g de beurre demi-sel
1 pointe de couteau de levure chimique
Quelques gouttes de lait
2 poires

Préchauffer le four à 220 °C.

Mélanger les jaunes d'œufs et le sucre sans les faire blanchir.

Ajouter le beurre fondu et mélanger.

Incorporer petit à petit la farine et la levure.

Peler et couper les poires en quartiers.

Beurrer et fariner un moule à manqué.

Déposer la pâte dans le moule et les quartiers de poires au milieu.

À l'aide d'un pinceau de cuisine, étaler l'œuf que vous aurez délayé avec quelques gouttes de lait.

Réaliser des croisillons sur toute la surface du gâteau à l'aide d'une fourchette.

Enfourner pendant 15 min à 220 °C.

Diminuer la température du four à 180 °C et poursuivre la cuisson encore 30 min.

Le pesk ha farz de Papouss

1 kg de carottes
1 kg de courgettes
300 g de céleri

200 g de coques
200 g de palourdes
De la laitue de mer
16 langoustines
1,2 kg de filet de merlu
800 g de maquereau fumé

200 g de beurre
Du bouillon de légume
Des algues séchées
De l'ail et du persil

Pour le lipig
1 kg d'oignons de Roscoff
20 cl de vin blanc
300 g de beurre

Pour le farz noir
250 g de farine de sarrasin
100 g de beurre
2 œufs
1/2 L de bouillon de légume

1 sac en toile
(sac à kig ha farz)

Coupez tous vos légumes en cubes.

Déposez les carottes et le céleri dans une cocotte avec un peu d'huile et faites revenir le tout pendant 10 min puis recouvrez votre préparation avec du bouillon de légumes.

Déposez les coques et palourdes dans une casserole avec un peu de beurre et de vin blanc, de l'ail, du persil et la laitue de mer.

Réservez vos coquillages : versez le jus de coquillages obtenu dans votre cocotte de légumes et ajoutez les courgettes.

Laissez cuire doucement pendant 30 min.

Préparation du lipig :

Faites revenir les oignons dans un fond de vin blanc. Quand le vin s'est évaporé, ajoutez 300 g de beurre. Laissez compoter les oignons à feu doux.

Préparation du farz :

Mélangez la farine de sarrasin, le beurre fondu, les œufs et un peu de sel puis versez le bouillon et remuez bien le tout. Disposez la pâte dans un sac de toile bien ficelé et faites cuire le tout dans un bouillon de légumes pendant 2 h.

Une fois cuit, retirez le farz du sac avec précaution, émiettez-le et faites-le revenir dans une poêle généreusement beurrée.

Réservez le bouillon de légumes.

Préparation du poisson :

Faites cuire les langoustines pendant 5 à 8 min à la vapeur dans une cocotte-minute.

Préchauffez votre four à 180 °C.

Mettez le merlu à cuire dans le bouillon de légumes utilisé pour la cuisson du farz au four dans un plat adapté pendant 6 min.

Rajoutez les coquillages, le maquereau fumé et les langoustines dans votre plat afin de les réchauffer et prolongez la cuisson pendant 3 min.

Dressez le tout avec le lipig et le farz dans des assiettes creuses.

Remerciements

Écrire une nouvelle histoire, c'est suivre le fil, ne jamais le lâcher. Mais c'est aussi accepter de partir un peu à la dérive, mettre ses sens en éveil, avec toujours une main sur la bouée. Et c'est vers vous, chers lecteurs, que le vent de Bretagne tend à me bercer. Je ne me lasse pas d'aller à votre rencontre en sillonnant la France, la Suisse, la Belgique… Vos encouragements, vos retours de lecture sont précieux et gonflent mes voiles. Un grand merci à vous et aux libraires qui m'accueillent si chaleureusement.

Vous l'aurez remarqué, depuis mon premier roman *Les Yeux couleur de pluie*, je n'arrive pas à lâcher mes personnages. Ils gravitent autour de moi en permanence, s'invitent dans de nouvelles intrigues et me surprennent parfois dans la « vraie vie », comme si deux mondes parallèles se télescopaient. Qui sait, vous me croiserez peut-être un jour au bar *Le Tue-mouches* à Plurien dans les Côtes d'Armor en train de déguster les fameuses pistaches-cacahouètes à l'andouille en compagnie de Marie-Lou et Matthieu. Là-bas, si Pierrette a pris la place d'Yvonne derrière le comptoir, P'tit Guy celle de Francis à la boucherie, l'atmosphère chaleureuse et authentique n'a rien à envier à celle du *Gobe-mouches*. Et même si la recette du cocktail « Tue-mouches » reste top secrète – Pierrette est une tombe –, je me suis amusée à inventer la mienne. Une recette qui gobe les mouches et une autre qui les sauve ! Peut-être me croiserez-vous aussi dans les rues de Brest – mon port d'attache littéraire –, le nez en l'air, des idées plein la tête. Récemment, alors que je m'apprêtais à prendre l'avion, j'ai cherché Anna dans le hall de l'aéroport. En survolant la ville, quand les contours de la rade ont commencé à se dessiner, j'ai perçu sa tristesse, sa solitude et je me suis sentie nostalgique de l'avoir quittée, d'avoir mis le mot fin à cette histoire. C'est grave docteur ?

À tous ceux qui m'ont aidée à façonner cette histoire : merci à Camille et Fabien, berceurs de l'ombre, de m'avoir fait part de votre touchante expérience à l'hôpital Necker ; à Céléna pour tes conseils concernant l'aide sociale à l'enfance ; à Cynthia, de m'avoir initiée à la boxe – mes bras s'en souviennent – ; à Katia, ma fidèle correctrice ; à Ève, Séverine et tous mes amis pour votre enthousiasme.

À ma tribu aux yeux couleur de pluie – encore et toujours – : Pierrick, Milla, Axel et Arthur, à qui je ramène des montagnes de Toblerone® après chaque déplacement pour me faire pardonner.

À Lina, mon éditrice, gardienne de phare et souffleuse d'idées lumineuses, ainsi qu'à toute la maison Albin Michel : Francis, Richard, Gilles, Mickaël, Nathalie, Anne-Laure, Claire, Sandrine, Remy, Axelle…

Et enfin, à l'équipe pétillante du Livre de Poche : Audrey, Béatrice, Sylvie, Anne et Florence…

Pour contacter l'auteur :
sophietalmen@yahoo.fr
@sophie_tal_men
www.facebook.com/sophie.tal.men/

DU MÊME AUTEUR

Aux Éditions Albin Michel

LES YEUX COULEUR DE PLUIE, 2016

ENTRE MES DOIGTS COULE LE SABLE, 2017

DE BATTRE LA CHAMADE, 2018

QUI NE SE PLANTE PAS NE POUSSE JAMAIS, 2019

Composition : IGS-CP
Impression : Dupli-Print à Domont (95) en janvier 2020
Éditions Albin Michel
22, rue Huyghens, 75014 Paris
www.albin-michel.fr
ISBN : 978-2-226-44671-8
N° d'édition : 23791/01 – N° d'impression : 2020013315
Dépôt légal : mars 2020
Imprimé en France